華富邨 通靈豆沙豬

黎達達榮

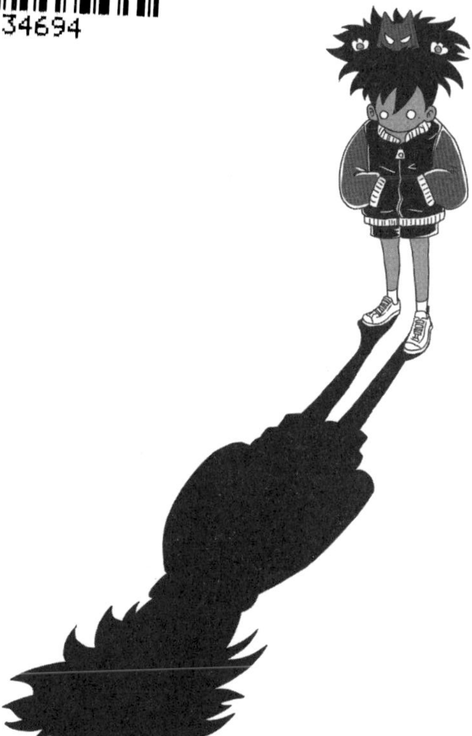

大家好，
我是這個漫畫書的作者：黎百搭榮。
華富邨最廣為人知的有三件事，
第一，前身是靈異傳說特別多的
雞籠灣墳場、亂葬崗。
第二，邨民一九八四年集體
見證UFO不明飛行物體。
第三，風水好，入住居民多有發達。
我的故事會圍繞這三個主題，
帶大家回到一九八四年的華富邨，
那個杯麵剛剛引入香港，
炒公仔麵還未被發明的年代……

風の谷のナウシカ
我叫少女A，
住在華富邨，
華翠樓某單位。
不善交際的我只喜歡
躲在門邊寫作。

寫作是我唯一興趣⋯
門上這收信口，經常傳來怪聲。
咯咯⋯
間中也會有傳教士放入各式各樣的傳單。
我的文章有在年青人周報連載，內容以華富邨的靈異事件為主。文章不算受歡迎，只收過一次讀者支持信。
這個收信口，

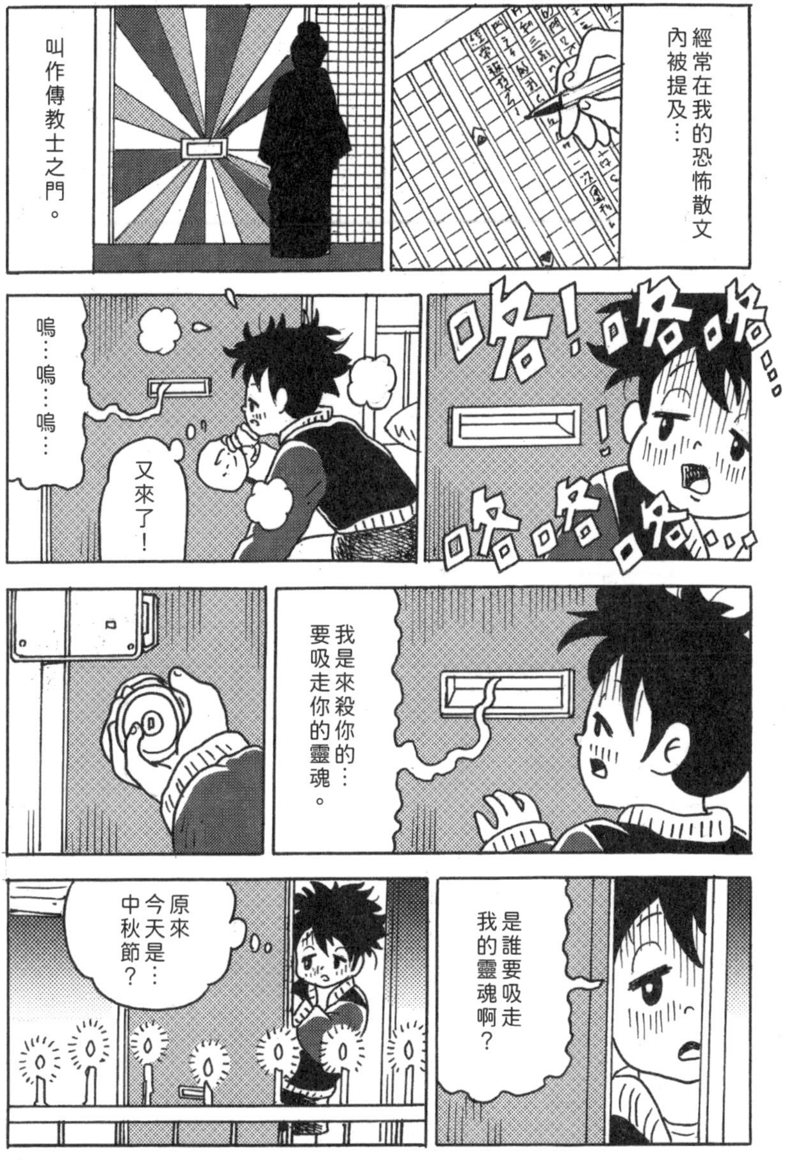
經常在我的恐怖散文內被提及…
叫作傳教士之門。
咯！咯咯咯…
！
咯咯咯…
嗚…嗚…嗚…
又來了！
我是來殺你的…要吸走你的靈魂。
是誰要吸走我的靈魂啊？
原來今天是…中秋節？

!
誰家的貓咪？
小心墮樓！
！
呼！
？

嘻
嘻…
你啊，
你想過一個怎樣的人生？
吓？
快回答！
我沒有想過，其實怎樣的人生也無所謂。
嘖！
又找錯人，你不是那個凶手。
殺你都費事。
再見。

其實…
我想過一個以寫作為職業的人生。
寫作！
！
以寫作作為人生？
哼哼哼……
我終於找到你了！

昨晚大家都有見到飛碟？
好巨大！
聲響好恐怖！
音域好古怪！是天使號角！
強光！
光譜內找不到的顏色。
絕對是飛碟！
少女A…
少女M！

全部……
嘖！
同我死開！
討厭！
大清早就撞到你。
陰陰沉沉一臉無所謂的表情。
睇見眼火爆！
九月大熱天時穿厚褸！
好嘔心！

很多新稿呢…
呵呵…這是甚麼？
都是最近華富邨的靈異事件？
！
這次主題是甚麼？
感覺好恐怖！
正！
滿腦子都是鬼鬼怪怪！
呵…
少女M…又想凌欺誰啊？
沒有啊…
！
老師！

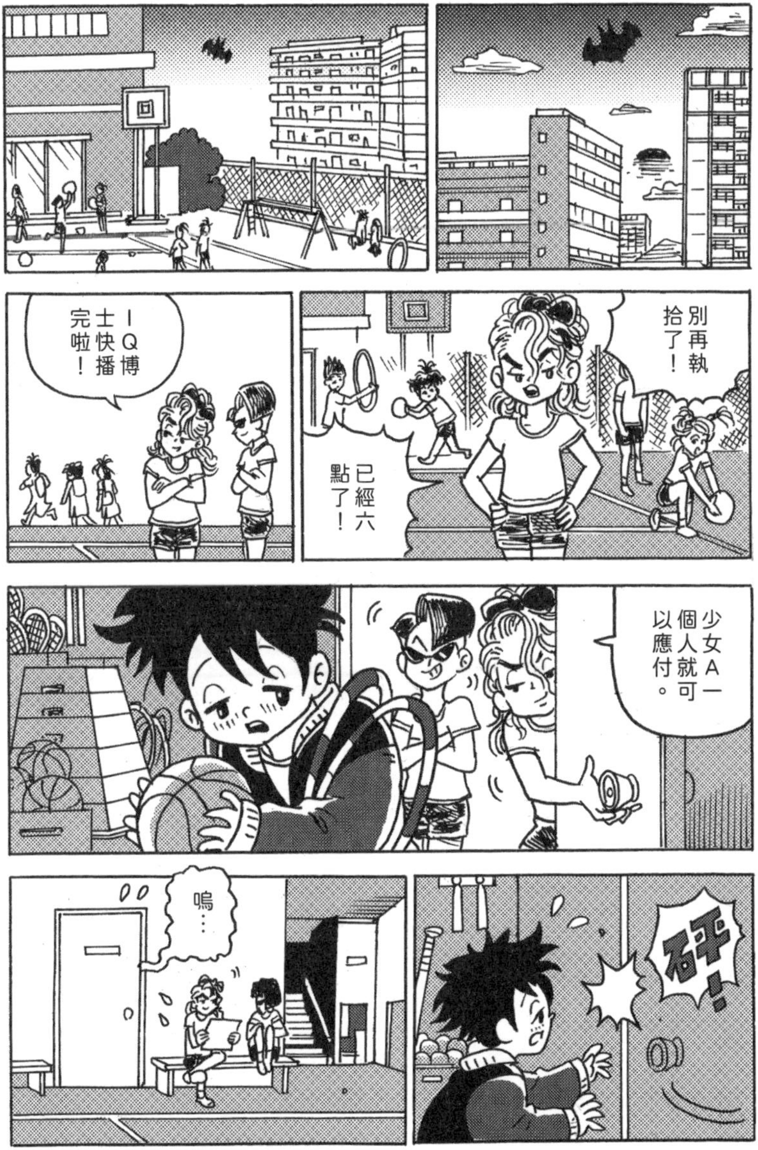
別再執拾了！
已經六點了！
IQ博士快播完啦！
少女A一個人就可以應付。
砰！
嗚…

今早的文章還在！
好邪門的主題！內容應該超恐怖！
興奮…
少女A，你不如將學校所有鬼故都寫進專欄！
奪命厠格…絕望沙池…
怪手小食部…
尖叫教員室…變種校工…
當中最最最恐怖的…
呼
呼
絕對是體育用具儲物室。
呼
呼
呼
呼
呼

曾經有老師在儲物室為情自殺。
大量同學在此撞鬼！
呼
呼
被鬼老師不停罰做掌上壓！
呼
呼
呼
不停做引體向上！
現在，所有同學已經回家。
校工又請了病假……
你今晚可以一個人在儲物室內慢慢找靈感。
呼
呼
呼
呼
鬼啊！神啊！求你們通通顯靈，讓少女A寫作靈感大爆發，恐怖專欄大受歡迎。
……
長寫長有！
……

呵呵
找到你了！少女Ａ！
你的死期到了。
其實過了少少期…
我叫誠實豆沙貓，受委托來吸走你的壽命，將你的靈魂吸得一乾二淨。
別怪我，你今晚非死不可…
呵呵呵…死有甚麼可怕…
吓？

哇!!
吼!
!!
砰!
!!
已經到達恐怖臨界點!
嘻!
嘻!
啊!
哇!
啪!

問世間情為何物？為情所困，自殺才是絕望。
三魂撈亂七魄的痛苦，世人又怎會明白！
因為我們還未有戀愛經驗。
胎光！爽靈！幽精！屍狗！伏矢！雀陰！吞賊！非毒！除穢！臭肺！
啊！此魔物懂得使用古老滅式！想奪我食糧！
三魂！七魄！
報消！
可惡！
看我用科學力量化解危機！

粒子！原子！核子！質子！中子！電子！份子！量子！負離子！
科學符咒！
執行！
哇！
砰啪!!
停手！
嗚…!

別碰我的點心！
她們是我的食糧！
先儘快叉電：補充靈氣！
靈氣耗盡，飛不起來。
咕嚕咕嚕……
哇！
我不客氣了！
哇！
？
啜！
好嘔心！

你才嘔心！
難怪臭氧層
穿了個大咕窿！
用太多噴髮膠啦！
勁臭！
我討厭這個
時代的髮型！
哇！
弊！
兩人
都會
被吃
掉！
啊！
完了！
怎麼
辦！
要怎樣
戰鬥？
在未來，有套善用
呼吸法戰鬥的日本
動漫。
讓我照辦
煮碗！
少女
A！
快出盡
力呼吸！

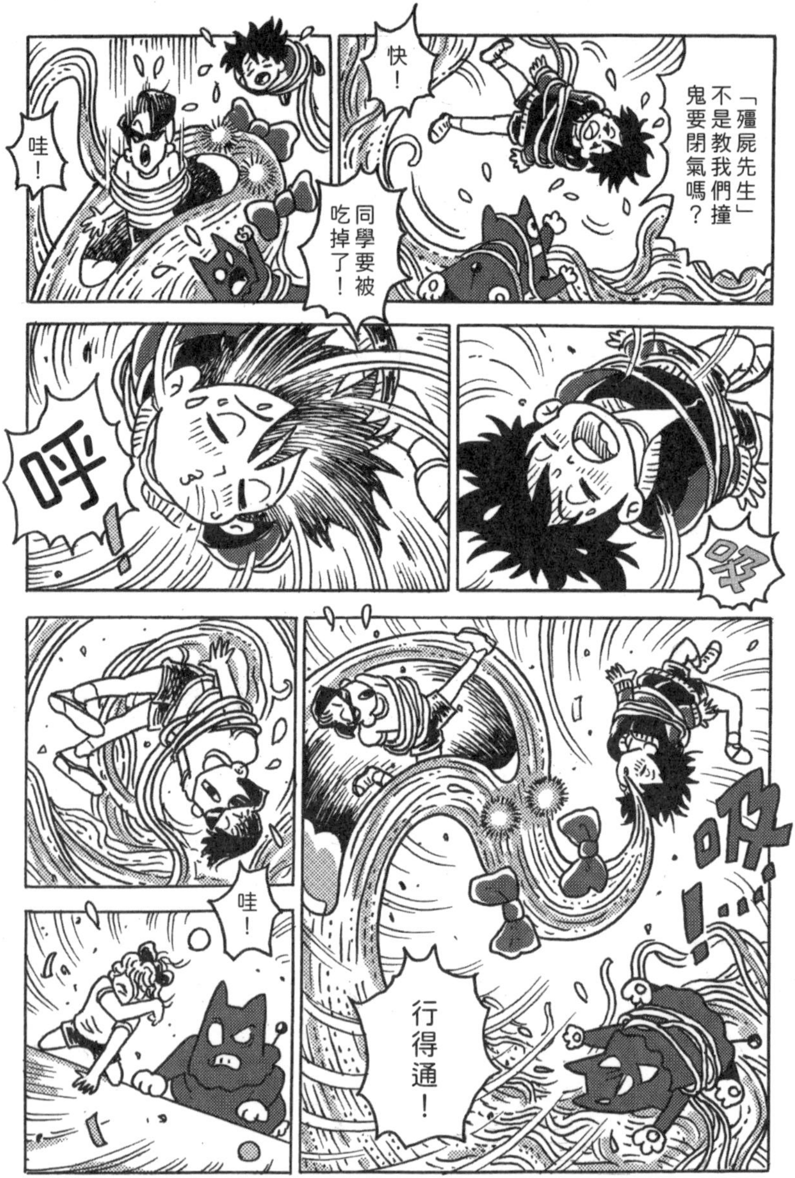
哇！
快！
同學要被吃掉了！
「殭屍先生」不是教我們撞鬼要閉氣嗎？
呼！
吸
吸！…
哇！
行得通！

任何滯留在人間，心中還有牽掛的幽靈，都曾經是生物，本能上就會呼吸！
他們會被呼吸吸引過去！
吸吧！吸吧！吸吧！你們兩個都吸吧！這麼一來，惡靈跟少女A就會同時消滅對方！
好一招一箭雙雕！
怎麼…只吸收了一半？
沒辦法，少女A氣虛體弱，肺活量超低…

謝謝。
真的大開眼界…
唉…
念咒中
粒子！原子！核子！質子！中子！電子！份子！量子！負離子！申報！
啪
南無阿彌陀佛。
多位牧師和高僧亦未能讓老師的怨靈驅散，誰不知一張科學符咒可以令老師安詳地散去，難道生前是理科老師？

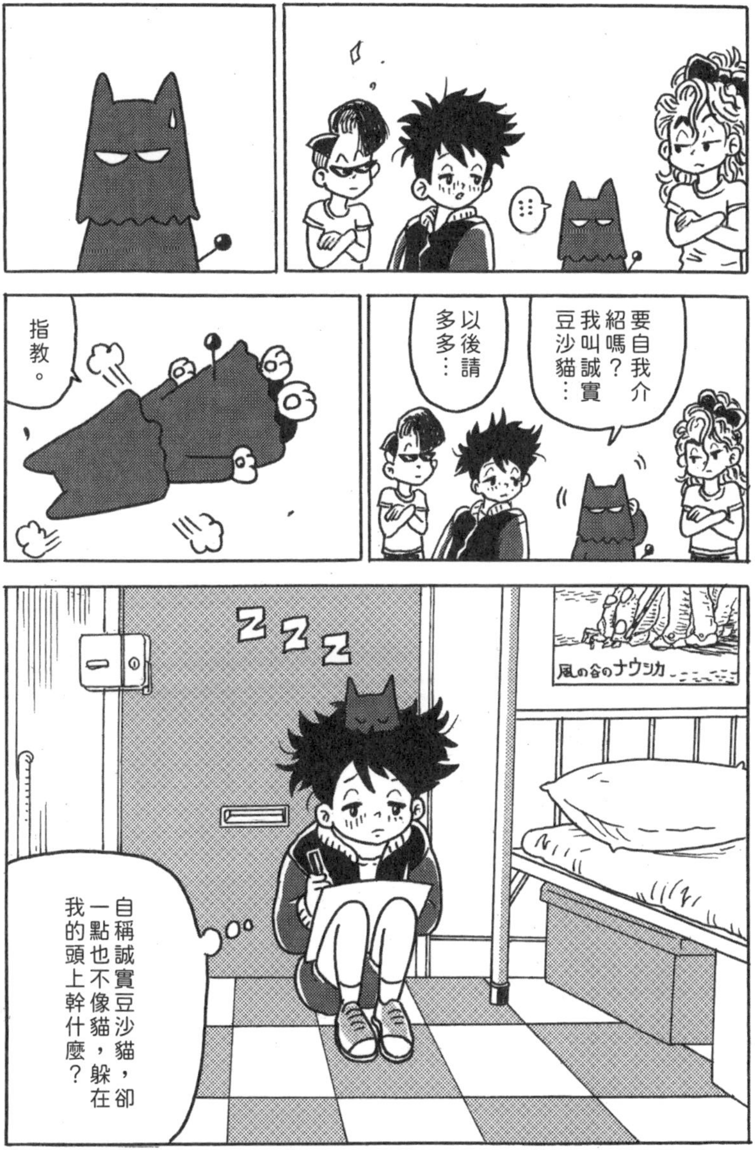
……
要自我介紹嗎？我叫誠實豆沙貓……
以後請多多……
指教。
風の谷のナウシカ
自稱誠實豆沙貓，卻一點也不像貓，躲在我的頭上幹什麼？

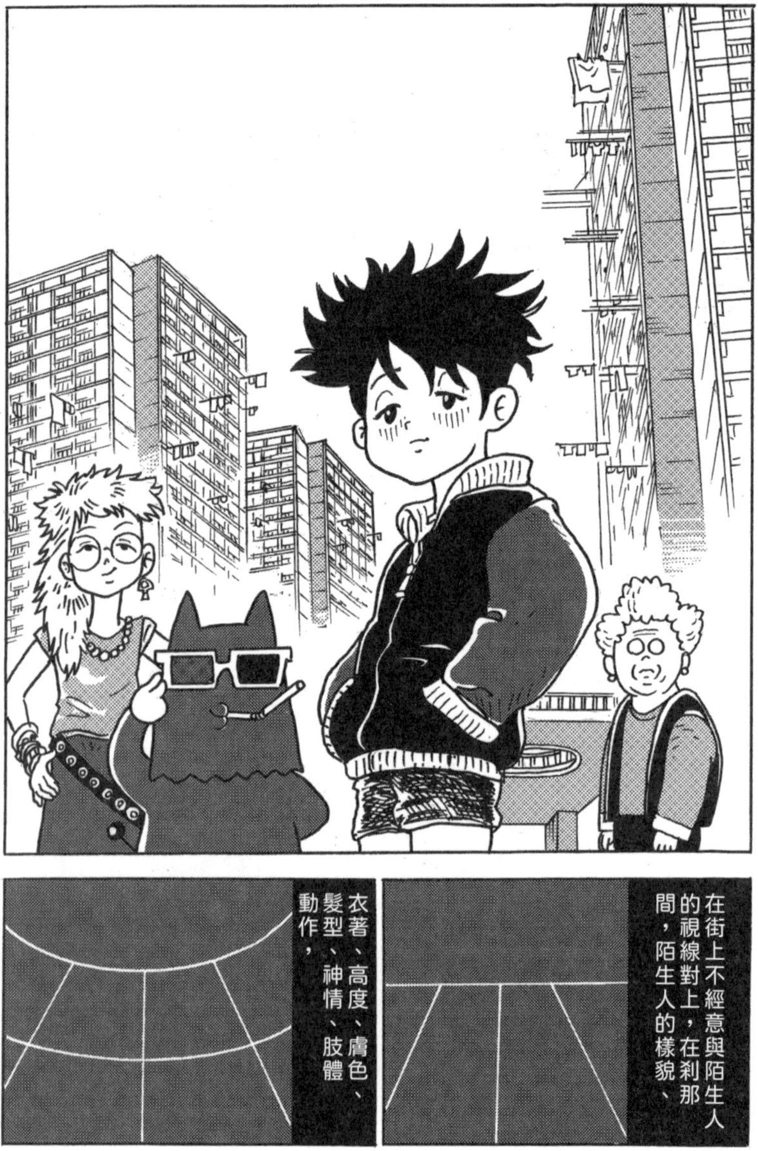
在街上不經意與陌生人
的視線對上，在剎那
間，陌生人的樣貌、
衣著、高度、膚色、
髮型、神情、肢體
動作，

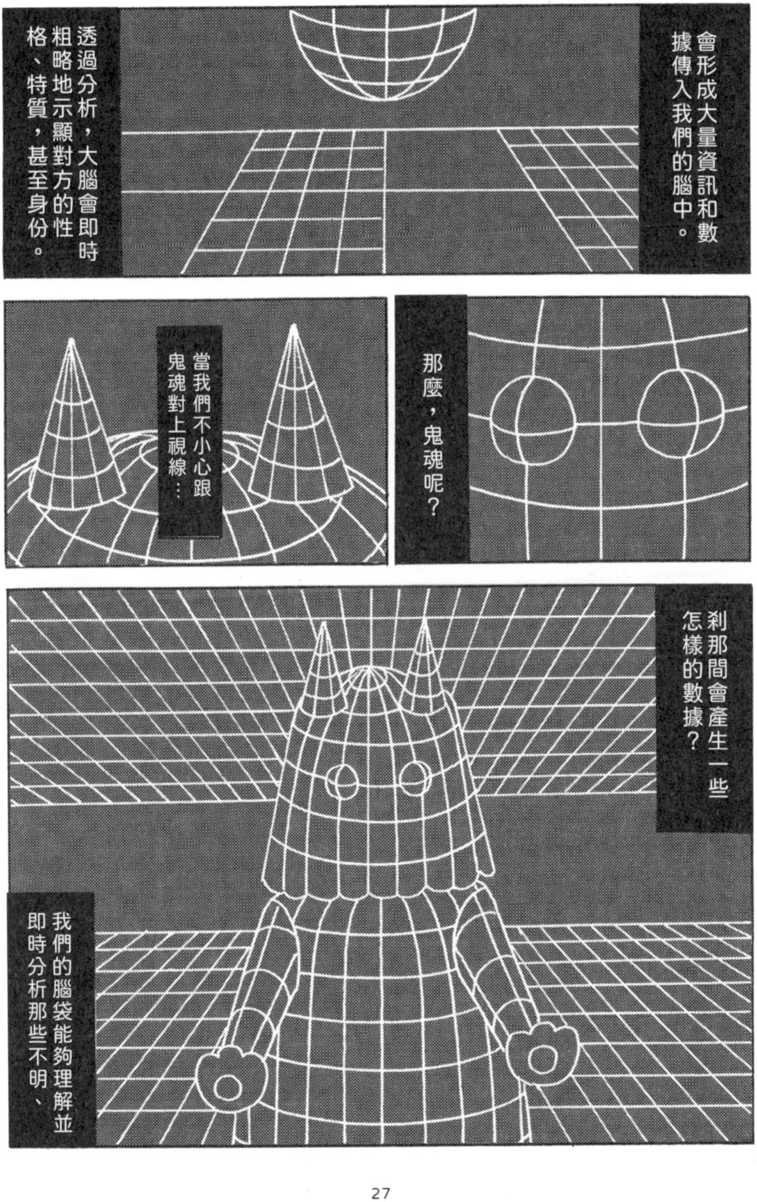
會形成大量資訊和數據傳入我們的腦中。
透過分析，大腦會即時粗略地示顯對方的性格、特質，甚至身份。
那麼，鬼魂呢？
當我們不小心跟鬼魂對上視線…
剎那間會產生一些怎樣的數據？
我們的腦袋能夠理解並即時分析那些不明、

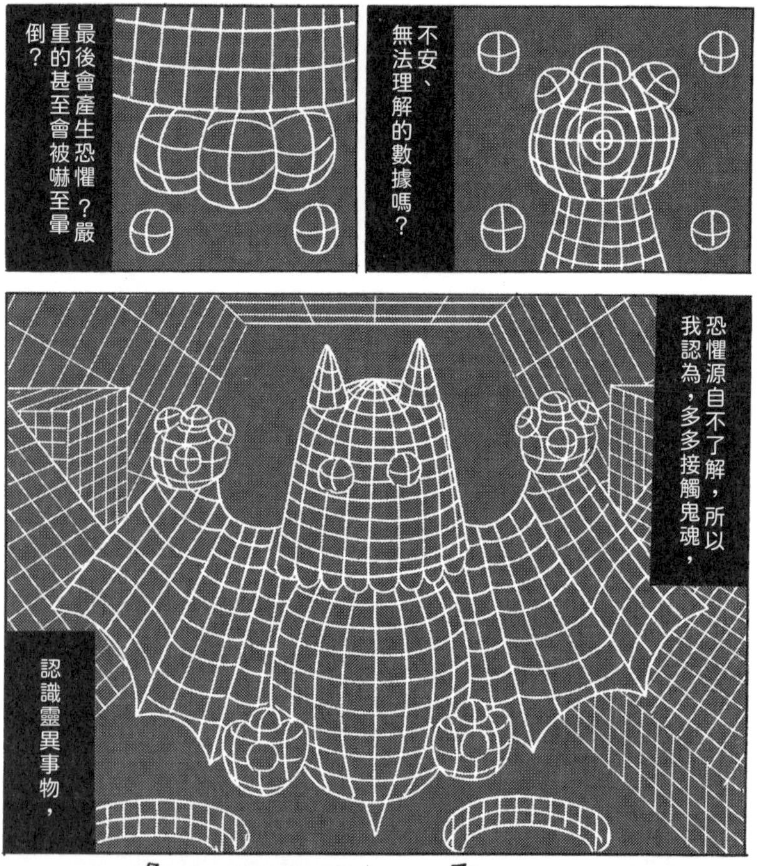
不安、
無法理解的數據嗎？
最後會產生恐懼？嚴重的甚至會被嚇至暈倒？
恐懼源自不了解，所以我認為，多多接觸鬼魂，
認識靈異事物，
絕對會減少人類對靈異的恐懼和誤解。
咯咯
!
咯咯
!
咯咯
!
咯
!

呼！
呼！
呼！
嗚
我是來取你性命的！
呼
呼！
不過，我要抖順條氣。
我的飛碟搞錯了座標，害我要轉乘47號巴士來華富邨。
誠實豆沙貓？
冷氣巴士？
受不了這個沒有冷氣的巴士年代。
巴士的窗還得打開讓空氣流通，樹枝就不停拍打車內乘客！

竟然來到一個荒蕪之地！
當「未來戰士」眞不易。
九月大熱天時怎能忍受厚褸？
好難頂！
我好冷，長期都在發冷。
……
哇！
打冷震！
不過……
這樣也不錯，我正好要吸走你的魂靈。

嗳！
大熱天時，就把你當作是冰涼特飲吧。
我有急事外出，你看一看家。

我想傳眞，
新文章？這次的主題是甚麼？
昨天傳眞的那一篇，剛收到編輯電話說只收到一半……
不過既然要重新傳眞一次，我順便修改了文章的結尾。
這樣，還算是新文章？
算是一半新，一半舊吧……
無論如何……
這次傳眞不收你錢。

編輯你好，已重新傳眞了。
嘰回嘰回
很快就完成！
下半篇還是空白？
就跟昨天一樣？
是哪裡出現了問題？
嗨！

嗨！
原來你在這裡。
……
嗨！婆婆你好。
你的朋友？
牠叫誠實豆沙貓。
哇！不得了了！
是原祖一比一四四高達模型！
蟹魔！
四大魔蟹！
帶回去未來拍賣一定賺大錢！

未來？
好好。
……
你再傳眞多一次。
你的朋友好古怪…
嘰
嘰
嘰
嘰
嘰
嘰
！
魔物！
？
這古老機器有古怪。

華富邨果然名不虛傳！
一間小店就已經有這麼多鬼怪在寄居！
啪!!
別亂說我的店有鬼怪！
亂打人！
自己看不見就以為沒有！

卡紙！
紅色、藍色的玻璃紙。
我會證明給你看。
記得付錢！
：：
你自己看吧！
3D眼鏡
!!
啊
今晚明珠九三零重播「3D水怪」嗎？好老土！

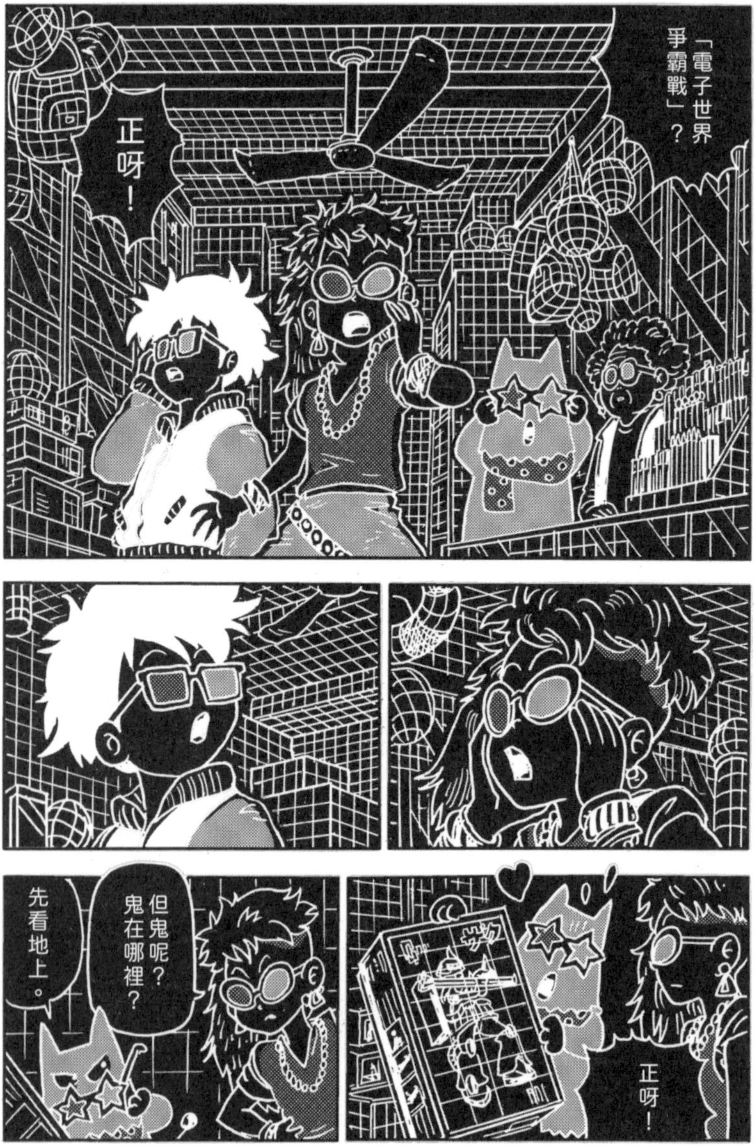
「電子世界爭霸戰」？
正呀！
但鬼呢？鬼在哪裡？
先看地上。
正呀！

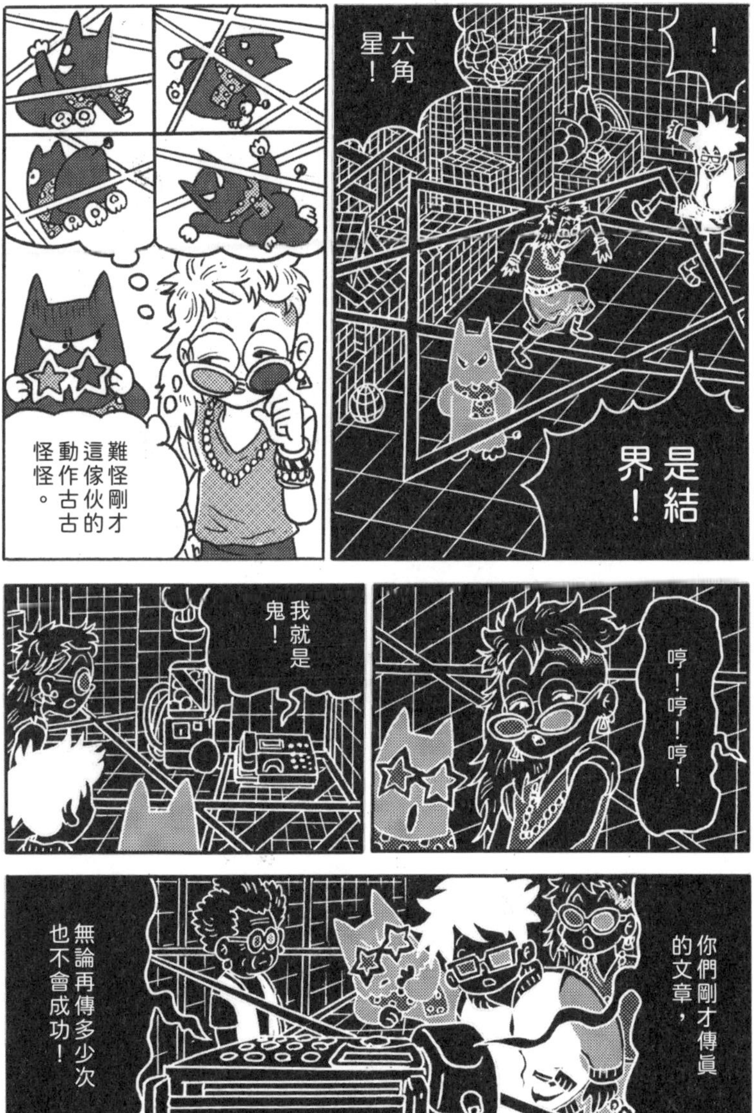
！
六角星！
是結界！
難怪剛才這傢伙的動作古古怪怪。
哼！哼！哼！哼！
我就是鬼！
你們剛才傳真的文章，
無論再傳多少次也不會成功！

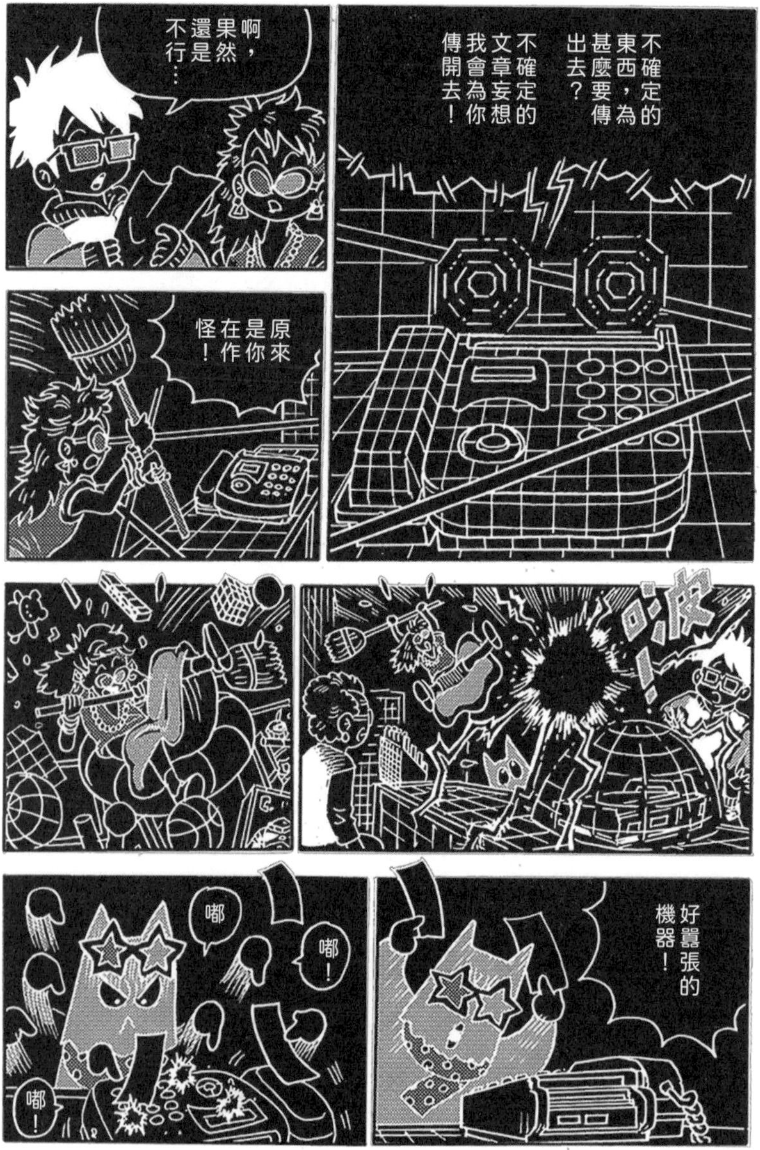
不確定的東西，為甚麼要傳出去？
不確定的文章妄想我會為你傳開去！
啊，果然還是不行……
原來你是在作怪！
啵！
好囂張的機器！
嘟
嘟！
嘟！

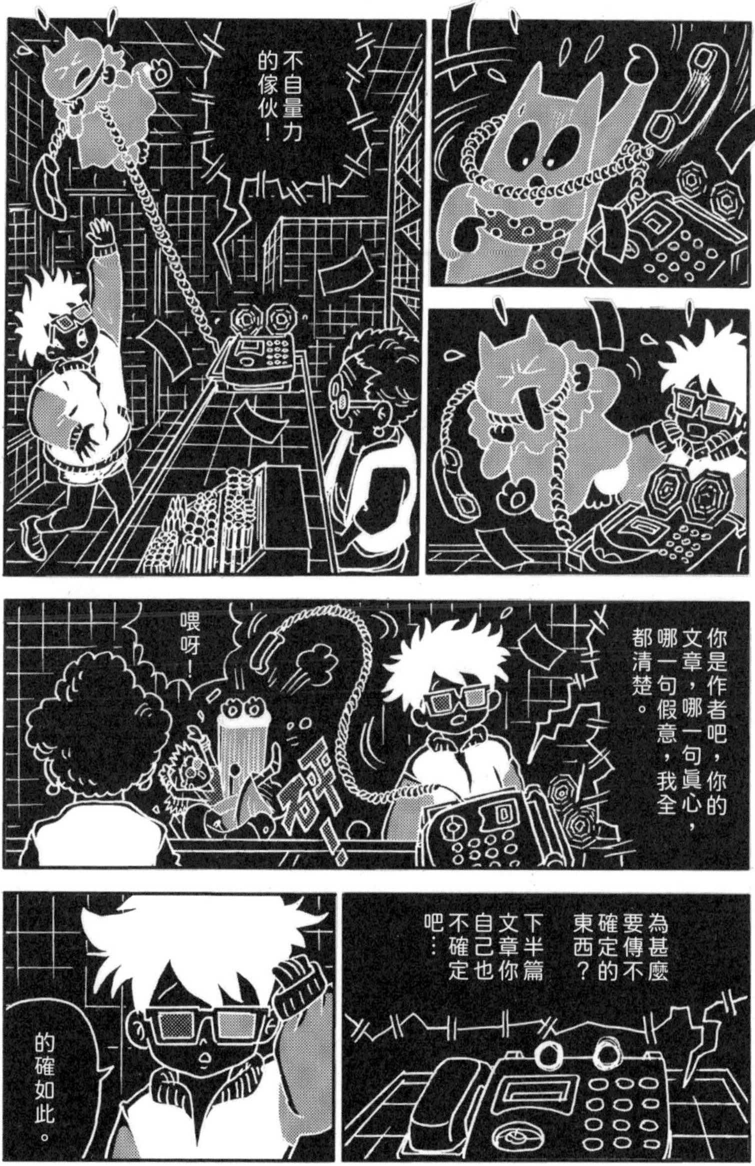
不自量力的傢伙！
你是作者吧，你的文章，哪一句眞心，哪一句假意，我全都清楚。
喂呀！
為甚麼要傳不確定的東西？
下半篇文章你自己也不確定吧……
的確如此。

只要是確定的東西，作為傳眞機沒有理由不傳開去。
要不要認眞重寫？
要如何重寫呢？
哼哼！
這傢伙正在三心兩意，是偷襲的好機會！
向靈魂說再見吧！少女A！
小心！
是誰！是誰壞我好事？

小心！
小心！
小心！
小心！
小心！
小心！
小心！
小心！
小心！
小心！
甚麼鬼啊？
小心！
加油！
加油！
加油！
小心！
加油！
小心！
小心！
加油！
慢慢寫！
小心寫！
加油！
小心！
加油！

加油！
慢慢寫！
加油！
小心！
慢慢寫！
加油！
小心！
加油！
加油！
加油！
加油！
加油！
加油！
加油！
加油！
加油！
加油！
小心！
加油！
加油！
小心！
慢慢寫！
加油！
小心！
加油！
加油！
加油！
加油！
加油！
小心！
加油！
加油！
慢慢寫！
加油！
加油！
加油！
小心！
加油！
加油！
小心

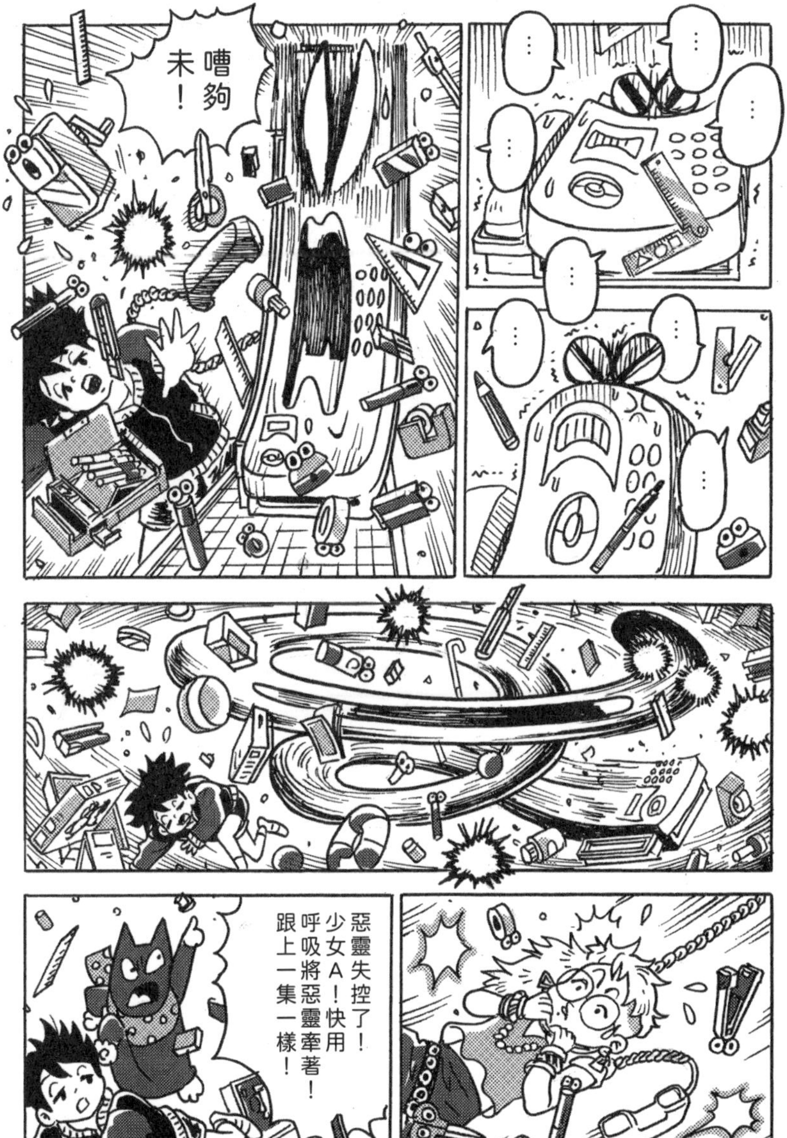
嘈夠未！
…
…
…
…
…
…
…
…
惡靈失控了！
少女A！快用
呼吸將惡靈牽著！
跟上一集一樣！

看我的!
呼!
粒子!原子!核子!質子!中子!電子!份子!量子!負離子!
執行!
啦嘩!

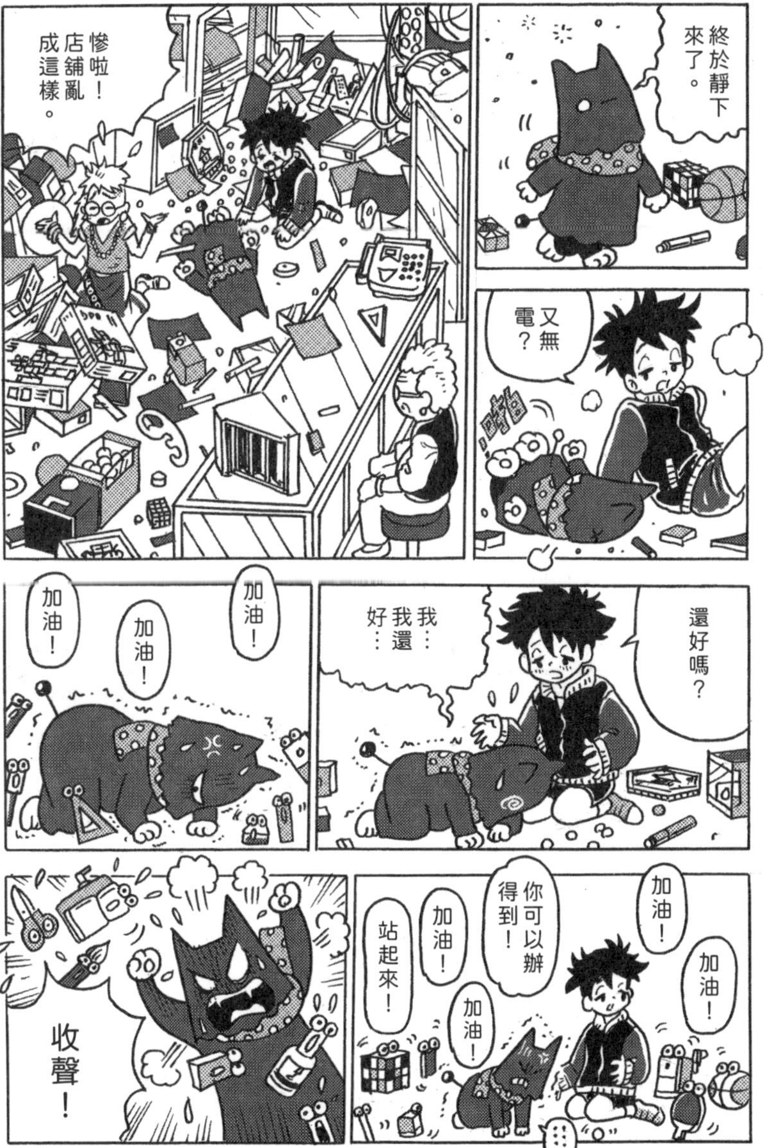
終於靜下來了。
慘啦！店舖亂成這樣。
又無電？
還好嗎？
我…我還好…
加油！
加油！
加油！
加油！
加油！
你可以辦得到！
加油！
站起來！
加油！
收聲！

明明才五毫子的價值，卻如此囂張！
欺人太甚！
停手！
爛鬼文具！
價值的確不值多少錢，外觀也不起眼。不過，又有誰會知道當中哪一支鉛筆，哪一顆橡皮擦，將來會輾轉落到一個怎樣的孩子手上。
我們的文具…
這個孩子，最後可能會寫出非常特別，甚至偉大的東西。
我暈喇！
砰

最後，還是不知怎樣重寫。
那沒辦法，唯有幫你將舊文件傳出去吧。
啊！
可以將我們剛才發生的事，寫成一篇新文章嗎？
當然好♥♥
MASTER MIND
Exercise Book

VAN HALEN
YAZOO
YOU AND ME BOTH
CYNDI LAUPER
ELIMINATOR
MOONLIGHT SHADOW
MIKE OLDFRID
Bronski Beat
SMALLTOWN BOY
TALKING HEADS
LIVING ON VIDEO
TRANS-X
SADE
DIAMOND LIFE
depeche MODE
Madonna
WHAM
MAKE
THE PRETENDERS
THE CURE
the top
Purple Rain
SPRINGSTEEN
the smiths
RUN-D.M.C.
R.E.M
Tina TURNER
人類對靈界存在著很多誤解。
1800
我曾經遇過一些特別的鬼魂，
1850

面對人類的誤解並不怎樣介意，
1870
對於種種誤解，都採取不解釋、不更正的態度……
1900
1920
還順應人類對靈界的錯誤幻想而存在著。
人類怎想像……它們就依樣存在著，
1959
比人類對靈界的刻板印象，存在得更刻板。
1964
到底為甚麼呢？
1964

難道能夠從中得到某些好處？
某種方便？
1968
那麼，人類呢？
會有採取相同生存之道的人存在嗎？
1984
呵欠…
你真好人，讓我在你家過夜。
真受不了八十年代後，好落後，

交通不方便，巴士又沒冷氣，好難頂。
還好你讓我住下來，以後殺你就方便得多。
喜歡就下來住。
眞的？
就算我是你來吸走的靈魂也沒問題？
咦？
預約時間表？
預約表
最近遇上靈異的問題人增多了。
哇！排山倒海的預約……

占卜、睇相、問米你都懂？
原來你是神婆！
預約表
千奇百怪的個案，預約都填得超滿！
應邀出席見到集體飛碟而感到不安的邨民集會。
跟進不小心打翻家長養鬼仔玻璃樽的小孩的煩惱。
你肯定這不是老鼠酒？

深夜在升降機內遇見神秘佛像而受驚的老人家。
你知道單位設有接收升降機閉路電視的頻道？
這可能是安在家中觀察鄰居受驚出洋相的惡作劇。
也有預約是假扮遇到靈異煩惱，但其實是想進行採訪的媒體⋯⋯
果然超忙⋯⋯

咯咯…
難得今天沒有預約可以靜靜寫作。
不好意思！
麻煩你將碟上的靈魂送回去紙上的地址。抱歉未有預約，但是…
不趕快送回這靈魂，會搞出人命…
喂呀。快關門！
是我不好，擅自借用別人的靈魂，剛剛才驚覺，歸還的時限已經迫近，現在又是大白天，
我自己無法將靈魂物歸原主。

請務必在下午三點前送回靈魂，否則物主返魂乏術。
等一下！
拜托了。
不負責任！
碟上眞的有靈魂？
唔…可能太虛弱，我甚麼也感應不到。
呀！可以試試那個方法。
聽說，
再弱的靈魂，只要蓋上全綿輕紗，
就會現形。

呵!
真的有靈魂在碟上。
軟綿綿……
是靈魂的哪部分?
別做猥瑣的事……
啊!兩點半了,趕快出發。
喂!鎖門啊!
快!
要趕快。

這傢伙好虛弱⋯⋯
⋯⋯
⋯⋯
形狀在改變嗎？
到底是一個怎樣的靈魂？
別多管閒事。
誰多管閒事啊？自己要上學，晚上要寫作，加上千奇百怪的預約，難怪你有黑眼圈！害我完全沒有意欲吸走你的靈魂！
誰叫我跟不化石棺有不解冤緣。
吓！
不化石棺！

不化石棺！
那個一觸碰就會讓人臥床不起，甚至死亡的不化石棺？
華富邨興建初期，有建築工人聞風喪膽的不化石棺！和你有關？
怪談2080
啪！
我暈喇！
你又缺電？還是太興奮？
先叉叉電吧…
不好意思…
你還可以嗎？
動作要快…
要在三點前趕到…
……

上次勁凍！
啊！
好機會！趁現在吸走她的靈魂！
……
……
這次要先著羽絨！
！
要趕快！快到三點了！

這是…
哦？
！！
不化石棺…

在我很小的時候…
♪
媽媽帶我到邨口探訪她的地盤工友。
!
地盤工友們正在搬運石頭，似要將石牆封起來。
這是少女A的記憶？
媽媽和朋友在談話，沒有察覺好奇的我，
走進了石牆後面。

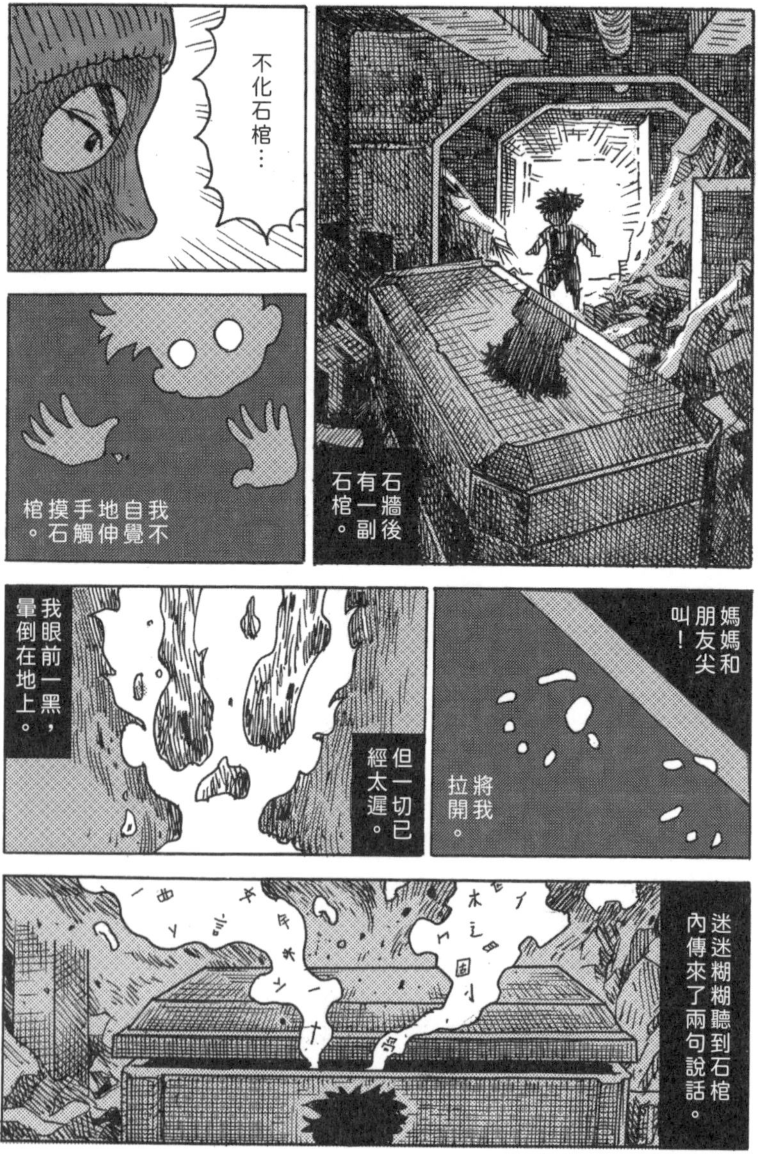
石牆後有一副石棺。
不化石棺…
我不自覺地伸手觸摸石棺。
媽媽和朋友尖叫！
將我拉開。
但一切已經太遲。
我眼前一黑，暈倒在地上。
迷迷糊糊聽到石棺內傳來了兩句說話。

我病倒在床上一年，
最後勉強康復了。
知道這件事的邨民，
說我能夠
存活下來，全因為
我有特別的
體質。
還以訛傳訛說我有通靈能力，一些遇到靈異怪事感到困擾的人，開始向我尋求協助。

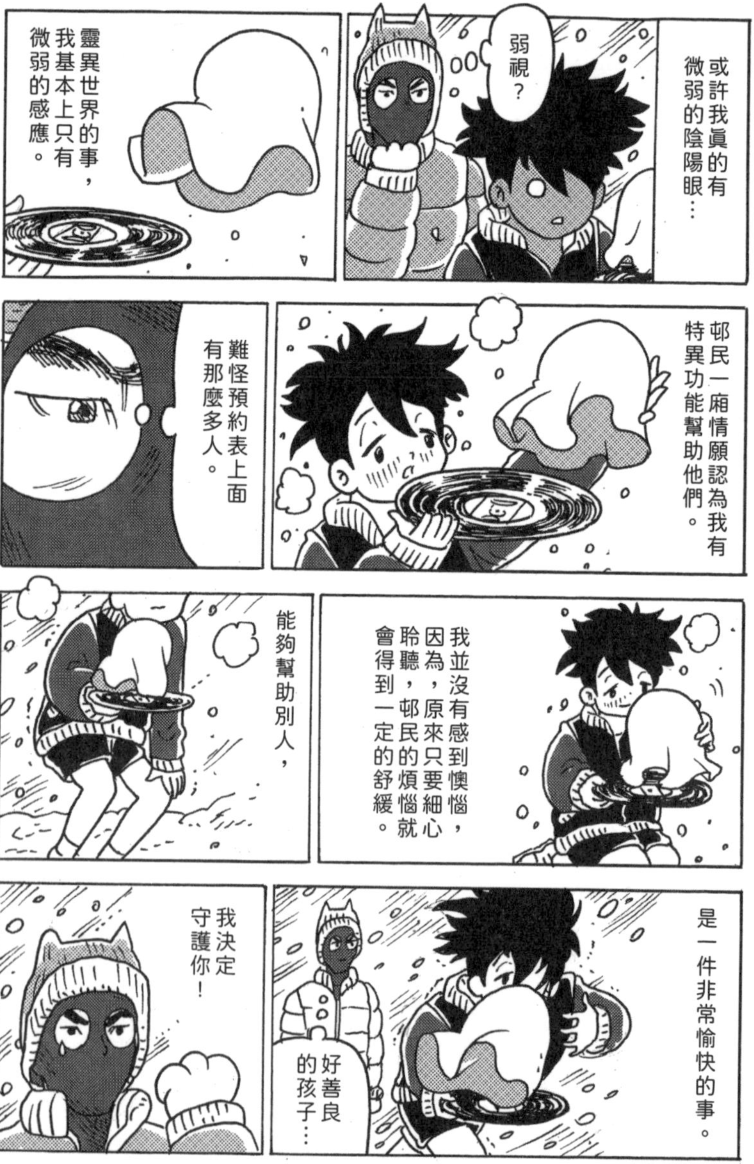

或許我真的有微弱的陰陽眼…
弱視？
靈異世界的事，我基本上只有微弱的感應。
邨民一廂情願認為我有特異功能幫助他們。
難怪預約表上面有那麼多人。
我並沒有感到懊惱，因為，原來只要細心聆聽，邨民的煩惱就會得到一定的舒緩。
能夠幫助別人，
是一件非常愉快的事。
好善良的孩子…
我決定守護你！

華富酒樓
一起努力吧！
香港政府新聞
小心中暑
水怪出沒
泳班
……
一陣怪風
！
靈魂！
還在嗎？
那靈魂太虛弱，無法證實。
到底那靈魂還在嗎？
靈魂啊！
你在嗎？

回來啊！
回到碟上吧！
回來啊！
回來啊！
找到全綿紗了。
原來一直都在。
之前不應猶豫。
啊，過時啦！
就在前面。
少女A…你看！
！

是我們來遲了嗎？
可能是另一個人叫了救護車呢。
十四樓陳家…太突然了。
果然是十四樓姓陳的！
！
嗚嗚呼！！！
都怪我猶豫不決！害死了人！
……
既然死了…看看靈魂是怎樣！
別死心不息！
少女A…你看！
你看！

……
哇哇哇！
是誰偷看我的靈魂！
原來唱片的靈魂在你們手上！
原來你們都是知音！太好了！

好張誇的樂迷！
傳說中的不化石棺就在那邊。
你想知道當年石棺在我耳邊細語的兩句說話是甚麼嗎？
不客氣，我怕。
我認為你知道比較好，因為石棺傳來的第一句說話，和你有關⋯⋯
吓！
我不想知道！

石棺第一句話，和你跟我初次相遇一樣，
問我：「想過一個怎樣的人生？」
未免太巧合！
原來是你……
魔物！
啪！
粒子！原子！核子！質子！中子！電子！份子！量子！負離子！
執行！
啪！
化成灰燼吧！
……

你到底在怕甚麼？
跟不化石棺說同一句話的是你吧…
所以才恐怖！
不化石棺第二句話一點也不可怕，反而滿有意思呢！
？
石棺說：「你要將一切記錄下來！」
…
有說明要記錄些甚麼嗎？
沒有，所以我打算將一切都記錄。

Disco Robot
咯咯

咯咯…！
嘻！
今日射波？
？
嗦
嗦！
多少天無洗頭呀？
才兩天。
快洗澡！這麼糟叫我怎麼叉電！
眞麻煩。
沙
沙
沙
沙
沙
沙
洗完喇。
哈哈，眞是有夠胡鬧。

Siu 4！
好過份！怎能隨便看人家的日記！
？
O哂咀！在未來，日記沒被關注，照片沒被讚好才會暴走啊。古代人眞奇怪！
哼！
情緒勒索你懂不懂？
？
？
還是先叉電自肥要緊。
誰叫這個時代沒有尿袋。
世一！叉電mm7。
甚麼意思？
才相隔四十年，就已經無法溝通！
身為刺客，穿越到古代，無法溝通會好GG。
掂
掂
好彩我早有準備！
！掂

古今用語九能搭八對應表！
㩒！
㩒！
震撼彈
十扑
Siu 4
mm7
自肥
Kam
0尊
好99
感建分
早早
潮爆
喪Hea
神級
O咀
賣菲佛
溶底
離地
貼地
劏死牛
死火
劏禾青
執生
食水深
食死貓
作大
符碌
去威
坐花廳
老點
照住
firm
躺平
世一
財自
P.A.P
Fat Fat La
UM9
GG
OJ
廢水
夠薑
抽水
祭旗
秒殺
預鑊
貓咗
情緒勒索
食塞米
吞POP
紮炮
收風
出貓
標青
掘機
升呢
雙失
老餅
瘀皮
食腦
吹水
招積
塞豆窿
死黨
蛇王
？
？
機會一定是留給有準備的人！
是吸取靈魂的好機會！
喂！
喂！你在哪裡呀？
Telephone
對！對！我差點忘了。
差點忘記BBQ，我負責帶燒烤叉啊。

趕快！
啊！差點忘記了小露寶！
小…小露寶？
還要準備歐美流行曲。
這就是小露寶？
燒烤無機炸，
少女M會大發雷霆！
喂呀！
該煨！你怎可以做奴隸獸！任由同學擺佈！
殊！你說話太大聲，歌與歌之間的空白位會錄到你的聲音。
又要重新錄製。
天呀！簡直是石器時代。

前面就是燒烤場。
瀑布灣公園
瀑布灣！？曾經是亂葬崗！瀑布浸死很多小孩，又有猛鬼小石屋、恐怖巫婆的瀑布灣？
震
震
你自己不也是靈魂嗎？
！
我感應到……
公園內有魔物！

是誰！
是誰移動了豬扒！
我辛辛苦苦將食物排放得整整齊齊。
你看！現在亂成這樣！
明明還相當整齊。
到底是誰！
不是我，
我從沒行近。
爐還沒起好嗎？
……
……
是我們被發現了嗎？
別慌！只要不再觸碰，讓食物移位，就沒問題。

!!
放心！
他們不會察覺我們的存在。
快一點起爐！
嚇死我啦！
哼哼哼……食物排列得超完美。
等你的叉，一定餓死！
不好意思來遲了。
先炸機輕鬆一下！

最新歐美熱門歌。
趕快吃飽離開。
大家開心就好。
正！
他們忘形，我們反而在食得自。
轉收音機聽吧⋯
帶⋯食
怎麼了！

很快修理好。
電台接收不理想⋯
沙⋯
沙⋯
沙⋯
啜⋯
嚼⋯
這個超好味，快來試試⋯
眞的？
這個超好味！沙沙⋯
快來試試⋯沙沙⋯
眞的？沙沙⋯
接收到我們的說話？
沒可能！
難道陰陽大氣電波互通了？
有被發現嗎？

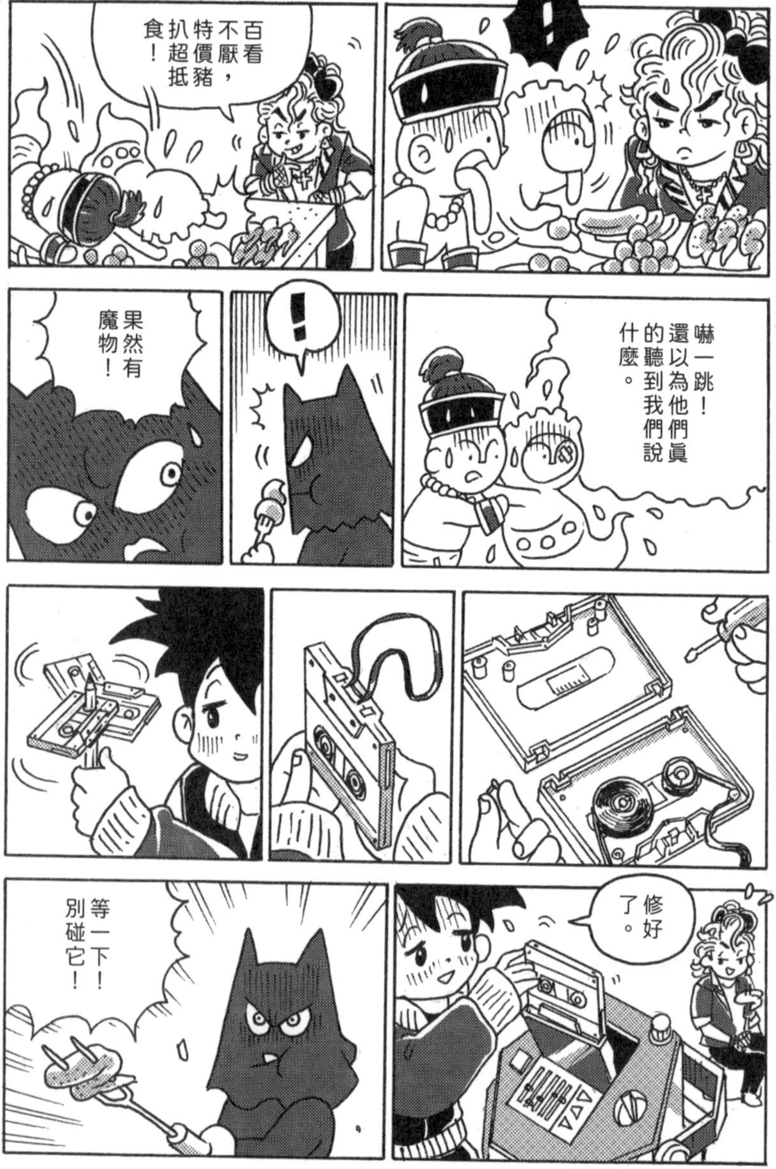

!
百看不厭，特價豬扒超抵食！
!
果然有魔物！
嚇一跳！還以為他們真的聽到我們說什麼。
修好了。
等一下！別碰它！

這頻道有古怪！
沙沙…
靈異接觸？
!
沙沙…
他們是看著我們嗎？好不安…
別慌張，他們剛才不是只能聽到沙沙聲嗎？陰陽頻道根本不可能互通。
看我直接跟他們對話，看看他們的反應！
不要啊，我怕怕！
好心你，別疑心生暗鬼。
清喉嚨…
唔哼…
沙沙…
你們好大膽…夠膽來瀑布灣燒烤…我們是被水怪捉走…浸死在瀑布底下的鬼魂啊…

沙沙……
看到沒有！他們全無反應！
長居在猛鬼小石屋的幽靈，正是我們！
別透露地址！
沙沙……
無公德心！傻瓜！無家教，嘈到死！早點返歸！
錄下來了！
砰啪！
辛辛苦苦錄的新歌被你洗掉啦！
別小氣！那是證明靈界眞實存在的有力證據。
沙沙……
只得沙沙聲，能證實些甚麼？
沙沙……
看！他們什麼都不懂！
我能翻譯這些沙沙聲。
啪！

倒帶，
PLAY！
吱吱…
沙沙…
沙
沙沙…
沙沙…
……
……
我…我…我要開始翻譯了…
你們好大膽…夠膽來瀑布灣燒烤…
勁！
看！眞的被翻譯出來了！
沙沙…

你們不應將靈界的聲音錄下來……
？
啊，我們沒有這樣說，這傢伙原來是白撞！呃神騙鬼。
知道瀑布灣前身叫雞籠灣？這裡是經歷過海盜、瘟疫、戰亂等天災人禍的亂葬崗……
沙沙……
哈！只是一般人對華富邨的刻板印象。
毫無新意。
年青人啊……
不過，他的面部表情交足戲，值得加分。
年青人啊……你們不尊重亡魂，隨便將我們的存在錄製成錄音帶，
最終只會為自身帶來不幸……
演技超讚！

等一下！
還有多一把聲音！
吓？
這把聲音很沙啞…說話方式也很奇怪！
又有新花款？
句子與句子之間混雜了許多「之、乎、者、也」…我不太明白…
沙沙…
之乎者也？
可能是古文？
古今日常九能搭八對應表，也派不上用場。
內容好像在說：「在餐桌上，還有兩隻鬼魂。」
是他們移動了豬扒。
耶…到底還有多少隻鬼啊？至少有四隻…
！
那裡來四隻？

等一下！
！！
哇！
哇！
哇！
大家先別慌張！
啊！
要回去！
我們還沒有執拾燒烤爐！
你負責滅火！拿走食具！
我負責廚餘！

知道…
別發呆！記得帶走小露寶！
看我的科學符咒！
哇！
大家別慌張！我們沒有惡意。
吓？
哇吓！
完了！

那邊才是出口！
哇呀！
冷靜！
哇呀！
哇！
被包圍了！
沒辦法！唯有用絕招！
飛碟！飛碟快來接我們離開！

我的飛碟！
哈哈哈！就算是惡靈，
見到我的飛碟也會嚇一跳！來！我們上船走！
?

?
噗通！
⋮⋮
我暈了！
誠實豆沙貓！
啪咚！！
貓？我還以為是蝙蝠，
明明就會飛！

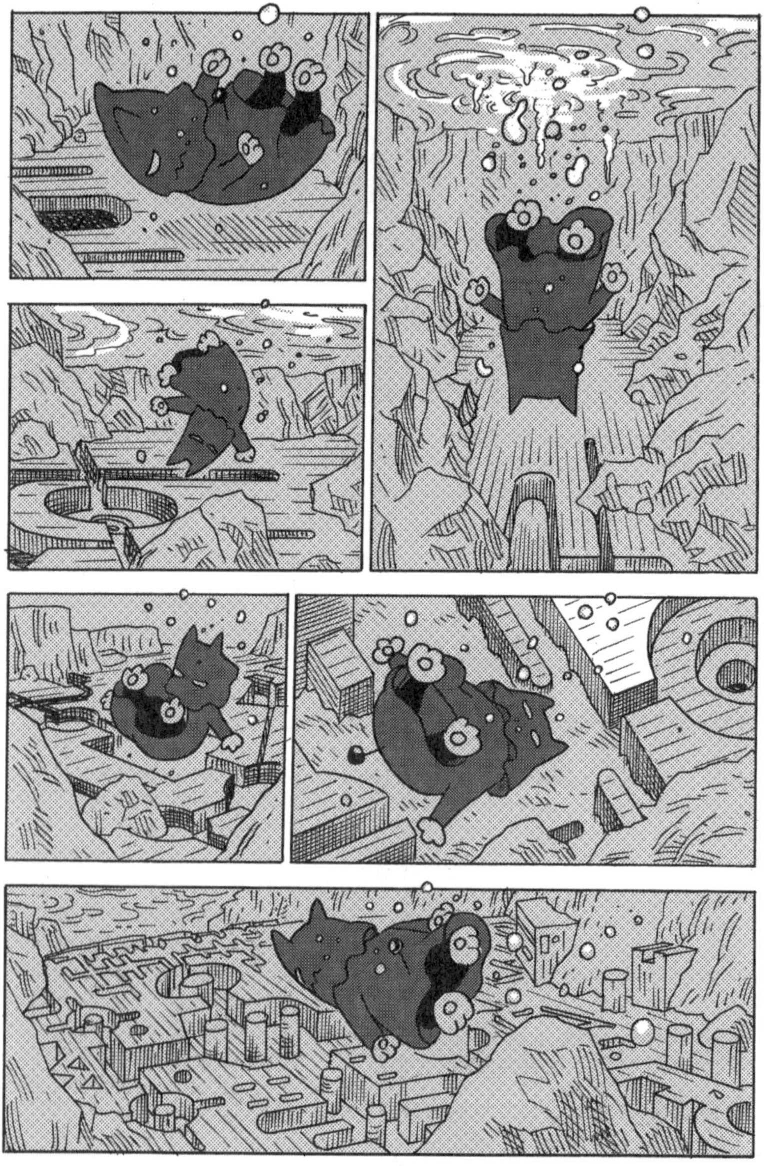

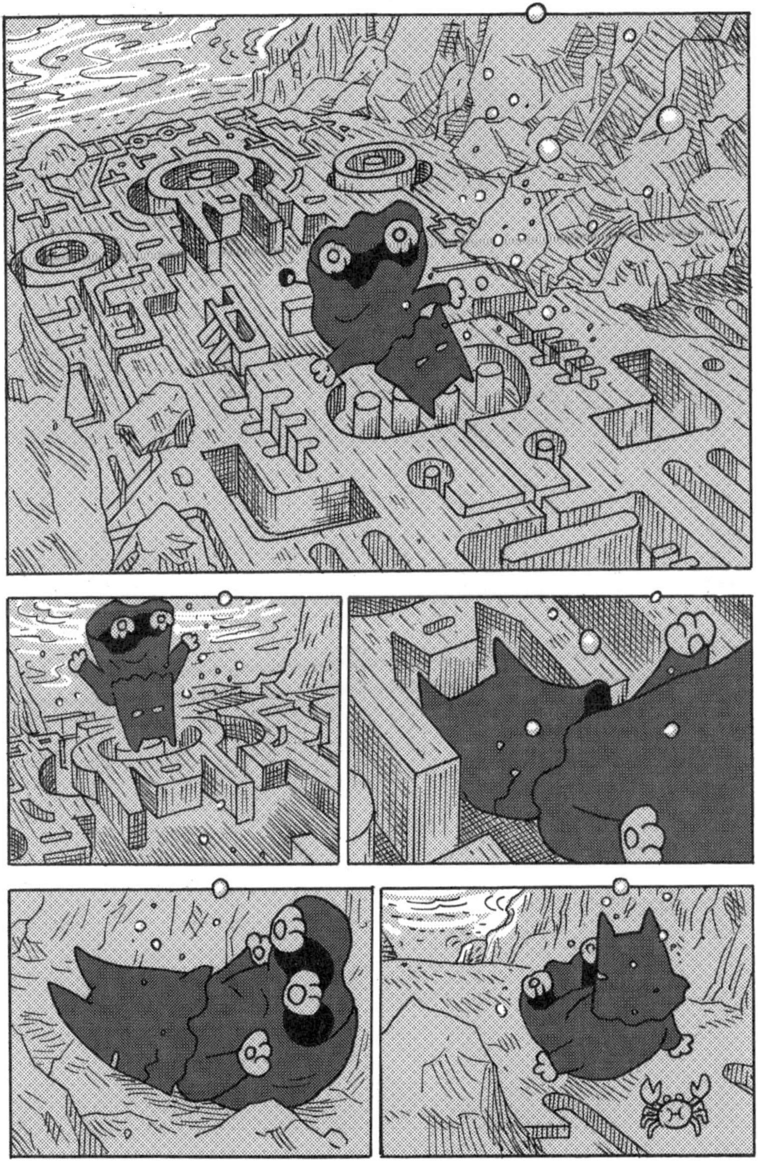

……
貓貓！
原來你是外星人！外星人最喜歡研究人類，你想要研究我們鬼魂嗎？雞籠灣這一帶歷史悠長：

最適合你做人類漫長歷史的研究。
不了，短短四十年的文化鴻溝，我已經應付得超吃力！
資訊多到作嘔……
喂！有許多食物未處理。
不如就地起爐再燒烤？
誰來阻止他們啊！
還是回家吧！
留意番，圖中那個小型戰時碉堡，就是傳說中瀑布灣猛鬼石屋。

幫手開飯，食飯啦⋯⋯

……
幫手開飯呀！
祈求列祖列宗保佑！
衰女生生性性學業進步！
合家平安，身體健康！
？
哇！有鬼呀！

眼睛！
好恐怖！
怎樣抹也抹不掉！
快找你的同學通靈少女A幫忙！
……
……
不要……
快去！
想嚇死我搵山拜？

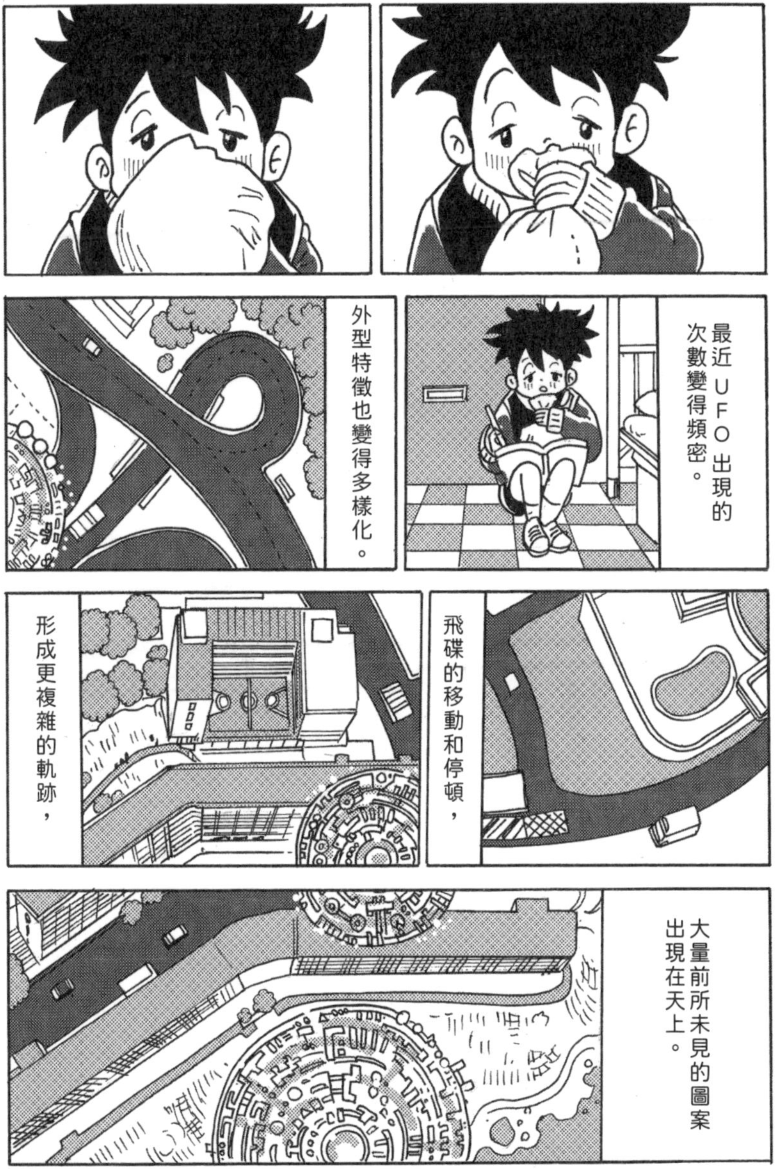
最近ＵＦＯ出現的次數變得頻密。
外型特徵也變得多樣化。
飛碟的移動和停頓，
形成更複雜的軌跡，
大量前所未見的圖案出現在天上。

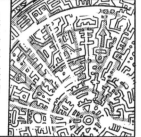

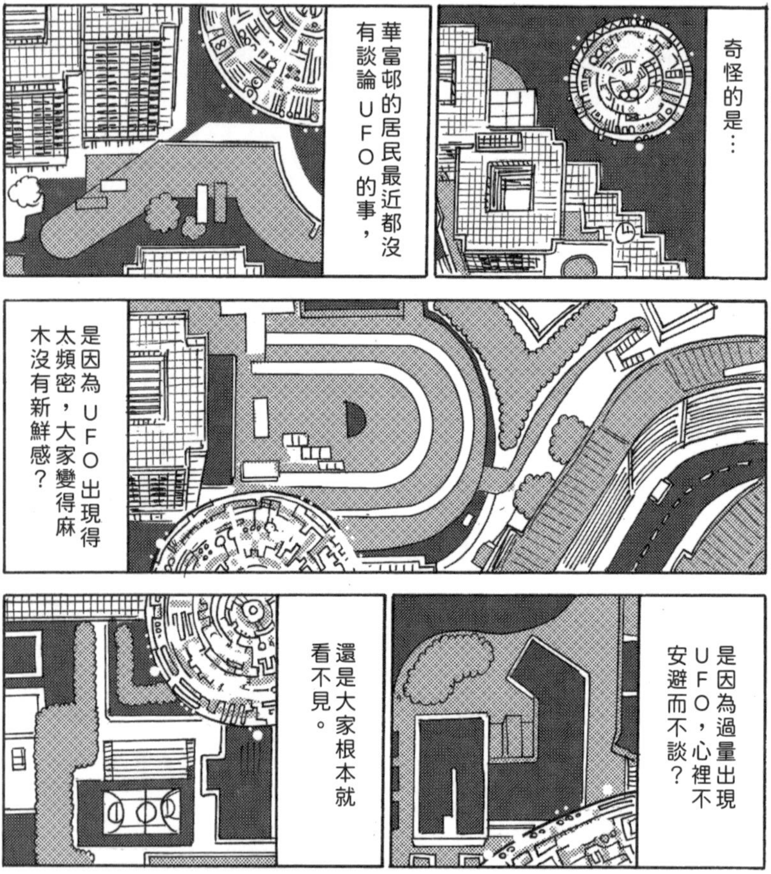
奇怪的是…
華富邨的居民最近都沒有談論ＵＦＯ的事，
是因為ＵＦＯ出現得太頻密，大家變得麻木沒有新鮮感？
是因為過量出現ＵＦＯ，心裡不安避而不談？
還是大家根本就看不見。
只有少數人能夠見到他們？
我必須弄清楚這一連串的疑問。

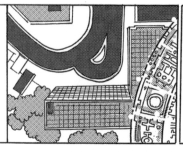

不過，有一點可以確定，就是我家現在寄居了一個外星人……
ONE MORE！
TWO MORE！
TWO MORE！
ONE MORE！
……
咯！
咯！
最近樓上搬入了新住客，經常傳來噪音……
咯！
咯！
咯
咯
無法專心寫稿…
呼
呼！
集中……
集中……
集中……
咯！
咯！
咯！

誰啊？
是少女M！
？
你…你好！
跟我走一趟。
事情就是這樣，你想辦法處理一下。
是。
興奮！
興奮！
！
少女A？歡迎。
沒想到通靈師長得這麼嬌小可愛！

快開始，人家是大忙人！
…
有魔物……
亡魂徘徊在一個地方不散，不外乎三個原因。
一，在現場死於非命，陰魂不散，
凶宅也。
但我們住這裡已很年多…

第二，不請自來，向陽界的人尋求協助，了結生前未了事……
比若……平反冤案。
哪……第三呢？
最後，也會有善良的靈界朋友，想向你給予提示，以防災劫。
好專業！太有型了！
伯母，我會向這三個方向調查，請你先忍耐一下。
少女A！
馬上用科學符咒將幽靈打散好嗎？
靈異現象一律當作不尋常的能量來處理最省時！

總之⋯
先別魯莽，靈異事件經常涉及心靈因素。
心靈不應當作能量隨便飲用！
⋯
⋯
啤酒 冰凍飲品
Energy Drink?
前面就是圖書館。

大海撈針…
好機會！
圖書館不準飲食啊！
找到了！那個單位果然曾經發生過凶殺案！
！
事因死者生前沒有公德心。
生活習慣非常嘈吵，
樓下住客多次投訴無效。
有點像我們最近的生活情況。
哇！
最後，樓下住客不勝長期滋擾，
引發了情緒失控！

最後闖入單位將住客殺死。
哇！
……
圖書館
這就是生活嘈吵，沒有公德心的下場！
馬上回去單位，找方法讓亡靈安息吧！
各位 sorry
好！
亡靈…
上手住客的確命喪於此。

呼
呼
呼
……
別開玩笑……
朋友，有甚麼事可以幫你，讓你安息？
任何心事都可以話我知，科學符咒幫到你。
啪！
……
奇怪……
這對血淋淋的眼睛……

並不是報紙描述的死者。
甚麼？
條件不符合。報導指死者是年約七十的老婦人。
但這對眼睛……
看上去才不過十五、六歲……
跟我們的年齡差不多。
……
……
來吧！
啊！

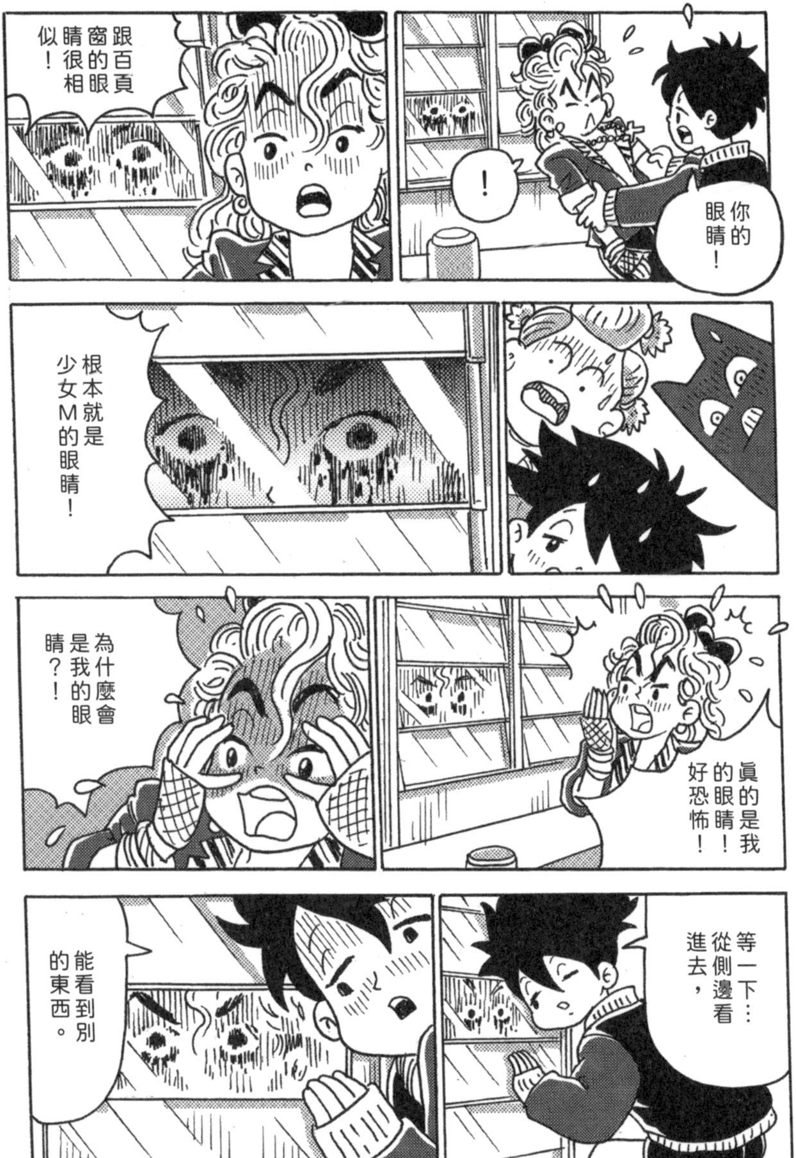
你的眼睛！
！
跟百頁窗的眼睛很相似！
根本就是少女M的眼睛！
真的是我的眼睛！好恐怖！
為什麼會是我的眼睛？！
等一下⋯從側邊看進去，
能看到別的東西。

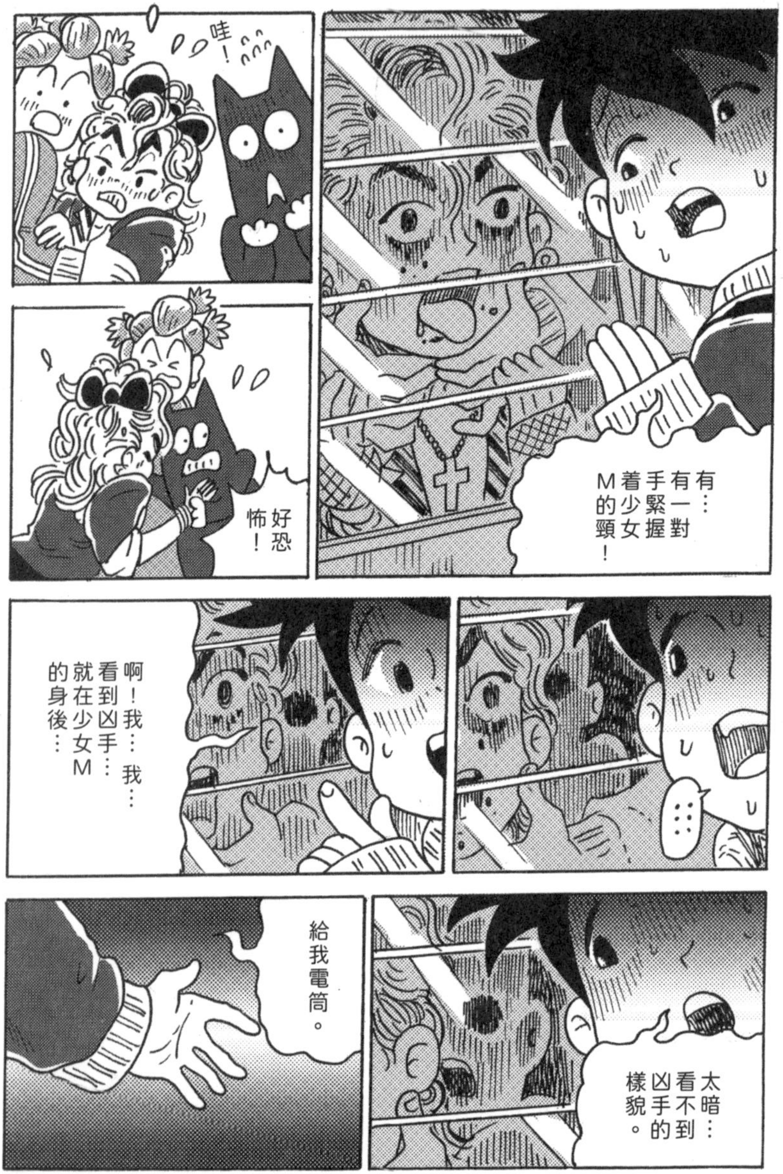
有…有一對手緊握着少女M的頸！
哇！
好恐怖！
……
啊！我…我…看到凶手…就在少女M的身後…
太暗…看不到凶手的樣貌。
給我電筒。

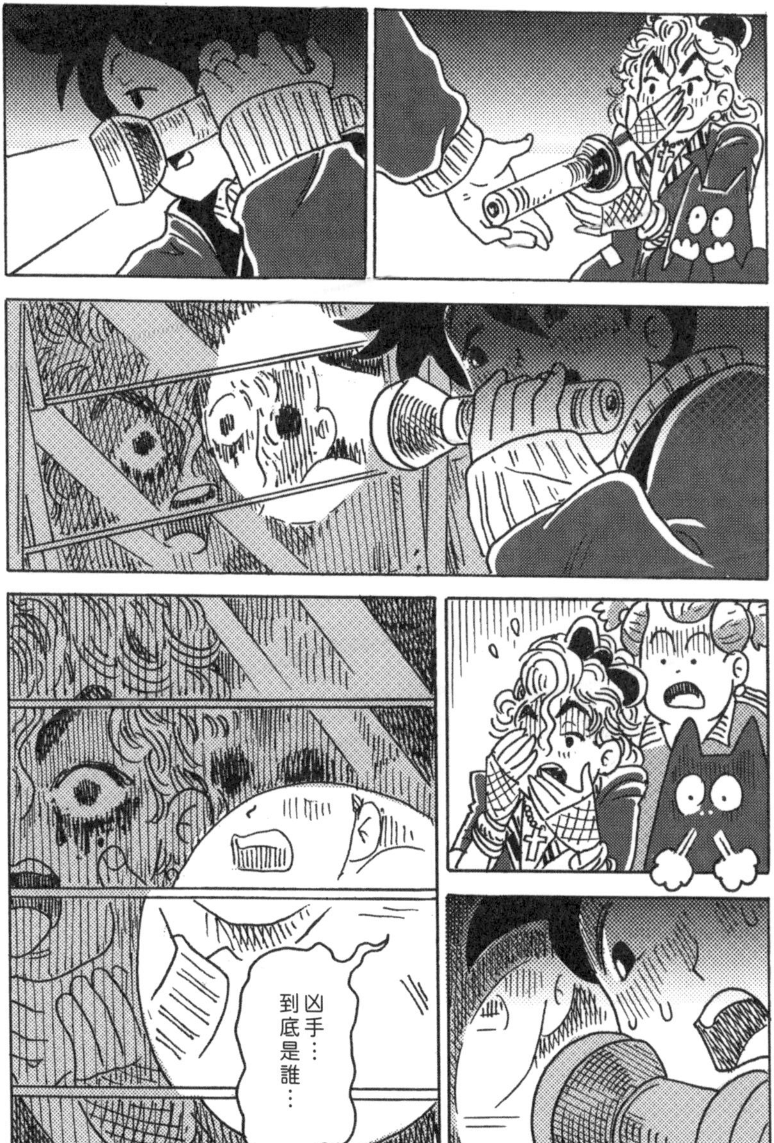
凶手⋯到底是誰⋯

!
凶手！
哇！
原來……
……
……
是我。
啪！
砰！
幻覺消失了……
……
這是發生在未來的兇案。

都怪你經常欺凌少女A…
吓
任誰到了極限都會變得很可怕…
別小看少女A內心的魔鬼！
不過你可以放心。
因為你找少女A解決問題，已經算是「朋友」了。
你們兩人的關係和殺人的因果已經改變…
所以百頁窗的血淋淋眼睛也消失了。
對不起！下次不敢…
！
原來你在學校…

有空再來玩！
拜！
吼！
經常欺凌同學！
回家吧！
明天又要交稿！
WWE84
太好了，今晚樓上沒有嘈雜聲。

……
整晚走來走去！作死呀？
媽…我還是好怕…
靈異事件不是已經解決了嗎？
才沒有，少女A只是證實了這裏是凶宅，不是嗎？
少女A不顧而去…
我覺得那個七十歲婆婆就在附近…

大家有試過腦中突然一片空白？
當我們遇上不能理解、不能接受的衝擊時，
WAH FU
ESTATE
華富邨

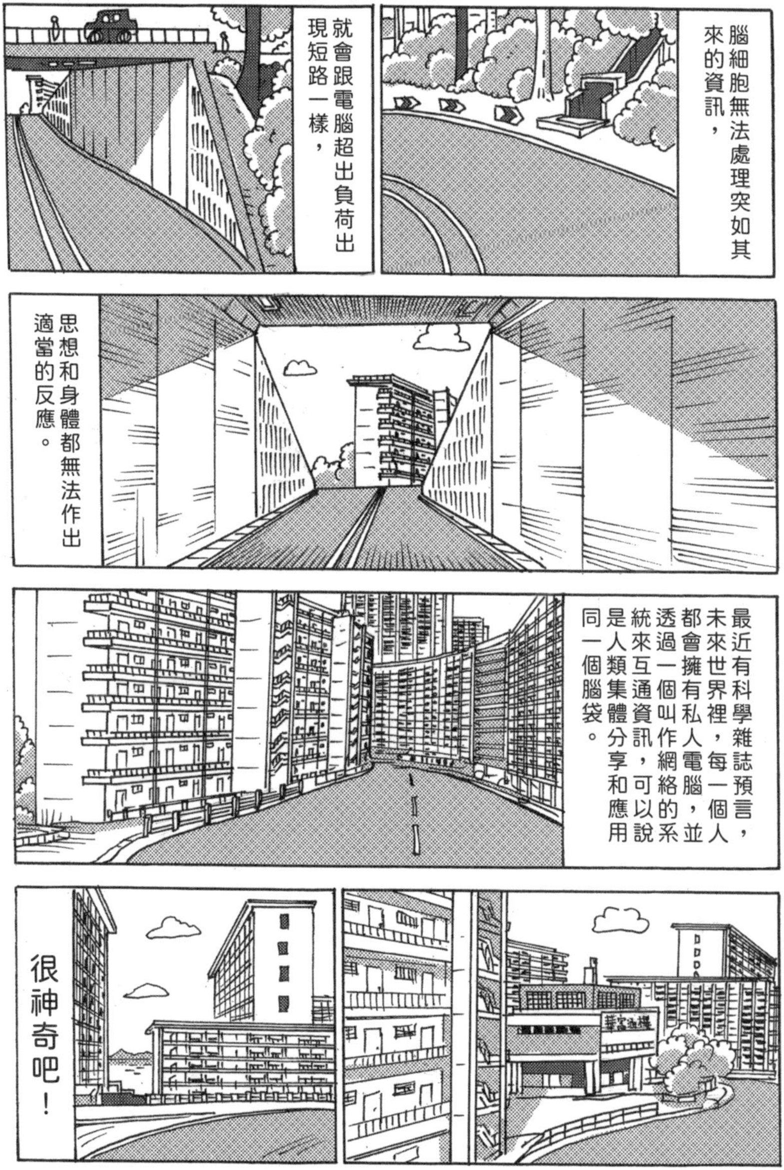
腦細胞無法處理突如其來的資訊，
就會跟電腦超出負荷出現短路一樣，
思想和身體都無法作出適當的反應。
最近有科學雜誌預言，未來世界裡，每一個人都會擁有私人電腦，並透過一個叫作網絡的系統來互通資訊，可以說是人類集體分享和應用同一個腦袋。
很神奇吧！

到底在未來，每一個人都擁有「私人」電腦，
但同時又接駁一個「共同」互用的系統，
去工作，去生活，去思考…的世界將會是怎樣？
如果世界出現巨變，讓這個系統：腦袋出現短路又會怎樣？
全滅！
那小路後面的蕉樹林和小木屋區呢？

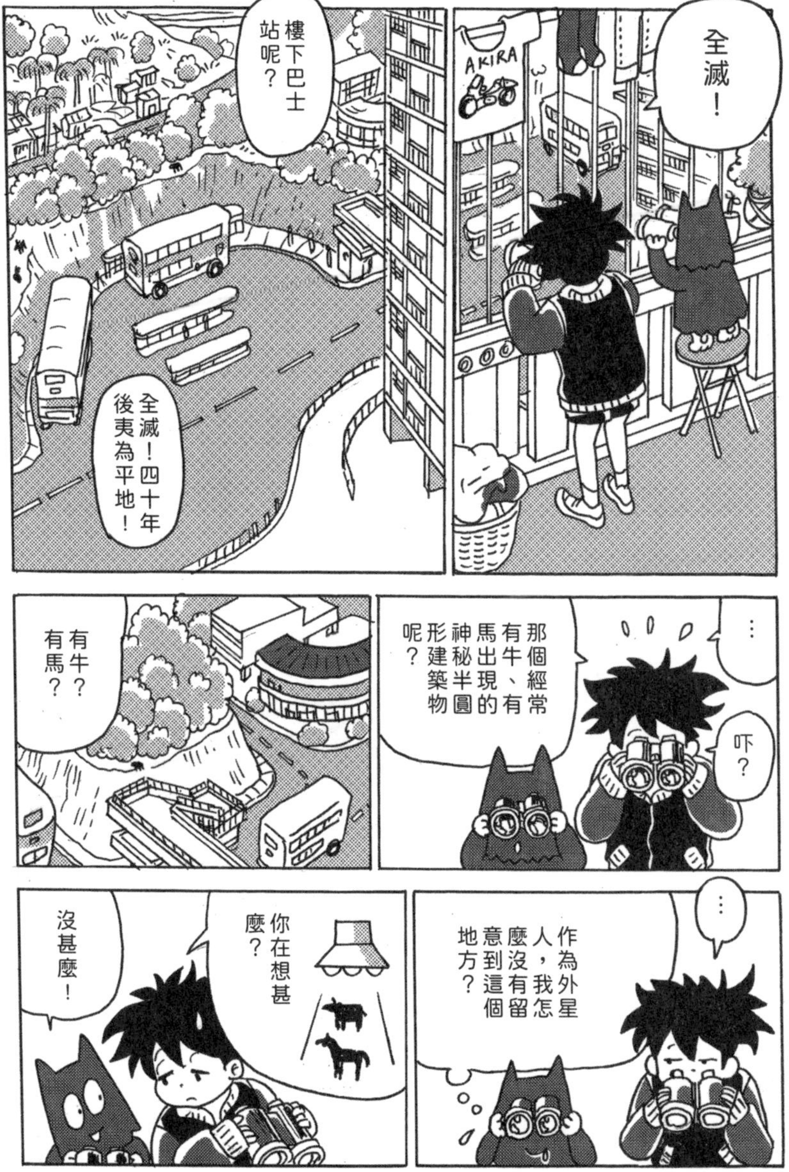
全滅！
樓下巴士站呢？
全滅！四十年後夷為平地！
……
吓？
那個經常有牛、有馬出現的有神秘半圓形建築物呢？
有牛？有馬？
……
作為外星人，我怎麼沒有留意到這個地方？
你在想甚麼？
沒甚麼！

這個半圓建築物沒有被拆卸，不過後來變成了域多利道政府化驗所食物安全檢測所。
……
外星人……牛……馬……化驗……食物……檢測……政府……
好強的聯想力。
四十年後，你才五十多歲……
未來好可怕，世界各地的外星人，登陸後都會接觸當地政府……
我沒有想過跟他們接觸。
華富閣戲院，
今天沒有預約，不如去看電影？
童夢
等一下
安全。
你在做什麼？
確定沒有預約……
很奇怪的建築物！

這條小路，
不久前還滿是雜草亂石。
……
華富閣戲院
這戲院二千年結業，零五年變成了艷舞廳「香江大舞台」，又因為經營不善空置了很多年。
吓！
看來還是不要讓她知道背後的商場、學校、報紙檔、石油氣公司都已經面目全非…
大大公司
戲院
華富閣商場
華富閣戲院
呼
呼
呼

快換個心情看電影輕鬆一下。
太多讓人沮喪的資訊，站不起來了。
太軟弱了！我還沒告訴你，二零二零華富邨還發生了封邨強檢大災劫！堅強一點！振作起來！
吓！
喂吔！
一九八四年不是上映「未來戰士」嗎？好想參考穿越殺人技巧！聽說刺客要全裸穿越，好CULT！
這裡是嘉禾院線，只播港產片。
港產片？

有商場！
！
殭屍好可愛！
嗟！
哇…原來這個商場曾經這麼興旺。
勁多理髮店！
IRON MAIDEN
BAUHAUS
AC/DC
有唱片舖！

寵物店！文具店！零食店！一應俱全！
其實，最多的……
是紙紮舖。
哇！
五花八門的紙紮舖！
難道未來連紙紮舖都會全滅？
那靈界的朋友和先人要如何是好？
！
背後有陰氣！
！

鬼？
我們不是鬼，只是孖生姊妹。
這也難怪，很多人都被我們嚇怕！
sorry…
都怪那套「閃靈」電影。
那就不要照樣打扮呀！
麗絲 快餐店
Lai See snack shop
少女A，遇上你真好彩。
我們其實……
也真的遇上了靈異事件！
想請你幫幫忙，抱歉未有預約。

很多人都知道，在街上遇到樣貌、打扮都跟自己一模一樣的人，是一件非常邪門的事，有人認為這根本就是某種凶兆！
好搞笑！
孖女也有這個煩惱？
……
sorry...
請你們認眞聽：我們最近在街上：經常遇到另一對跟我們一模一樣的孖女。
!!
被你嚇到鳥！
一共四個？
震撼中
等：等一下！從科幻角度解釋，這可能是次元空間接通現象。

時空一旦被干擾，定律失調的話，不如意的事就會發生。
要知道，不遵守時間旅程規則，搞亂次元出入口，全無公德心的混蛋，大有人在。
信不信我馬上吸光你的靈魂！
來，就在前面。
我們每次經過這裡，幾乎都會遇到那對跟我們一模一樣的孖女。
不知今天會不會出現…

又是這個建築物。
這個圓形天井有古怪。
出現了！
果然出現了！
！

跟我們一模一樣的孖女在上面！
果然是多重次元的缺口！
那麼要怎樣處理？
別管它！這種缺口兩三天就會自然關上。
你不打算處理？
無能為力。
哦！
誠實豆沙貓！
上面那個是…

另一個我和你！
誠實豆沙貓！
你們也重複了！
我這一邊已經成功奪取少女A的靈魂！
她再也無法寫作了！
我成功阻止了災難。
哼！
有甚麼了不起！

果然是你亂用時光旅程，做成了次元缺口……
冤枉！
是他！不是我！
但是，我就是你……
你也是我，我們都是誠實豆沙貓！
地下！變成了上面？
我這一邊也成功阻止了災難！
另一次元的孖女看起來好邪惡。

他們說的災難是甚麼意思？
少女A！在未來你是一個非常有名的作家！
殊
你出版的靈異書籍非常受歡迎，是個大富婆！
恭喜你！
你們別泄露我這邊任務的細節！
……
居住在華富邨會發達這個傳說，原來是眞的！
！
這邊也出現了缺口！
你有很多粉絲，其中一個粉絲特別狂熱……

特別狂熱的粉絲？
他是指你的書迷呀！
這個狂熱的書迷，根據你書上的UFO飛行軌跡插圖，
進行了儀式，招來了比我們更可怕、更具侵略性的外星人！
他們擄走了一半華富邨居民！
連我們這些比較溫和的外星人，亦被捉去研究、解剖、重組和洗腦。
超級慘。
超級慘。

必須阻止少女A寫作和出版。
阻止災難發生。
只有這個次元未完成任務！
絕對不能辜負委託人的信任！
要知道時光旅程洗費巨大。
我們的委託人雖然富有，但也無法支付兩次時間旅費。
快拿起飲管！
機會只得一次！
趕快吸走這個次元的少女A的靈魂！

因為當初我想問，一個少女A過怎樣的人生，在無數個次元當中，
對不起！我下不了手！
只有這個次元的少女A，確實回答想以寫作作為人生：
好不幸！我已經愛上了她的文章。
表白勁尷尬！
竟然有這麼正面的答案！
她是特別的！
有別於其他次元的少女A！

次元缺口極不穩定！這樣會引發宇宙大爆炸！
都怪大家硬闖對方的次元！
世界末日！

？
剛才只是時空扭曲的假像！
怎麼了？又還原了？
趁眞正的宇宙還未爆炸！
快想辦法堵塞次元缺口！
堵塞？
我有辦法！
我的UFO墜毀了，但遙控器還在！
！
我要借用大家的飛碟！
當作煲蓋來堵塞缺口！

尺寸剛剛好！
再見！
！
砰！啪！
成功了！

好可怕，夢到華富邨全滅級災難！
沒事了…有我在不需要害怕，
……
那不是夢！災難是因為你才發生呀！
時光旅行真的超貴！
你無法想像未來物價上漲得有多瘋狂，唯一維持原價四十年不變沒有加價的，就只有大約一百元一張的CD雷射唱片。
搵笨…以為我們是主角…

原先以為有意義的事…
最後變成了壞事…

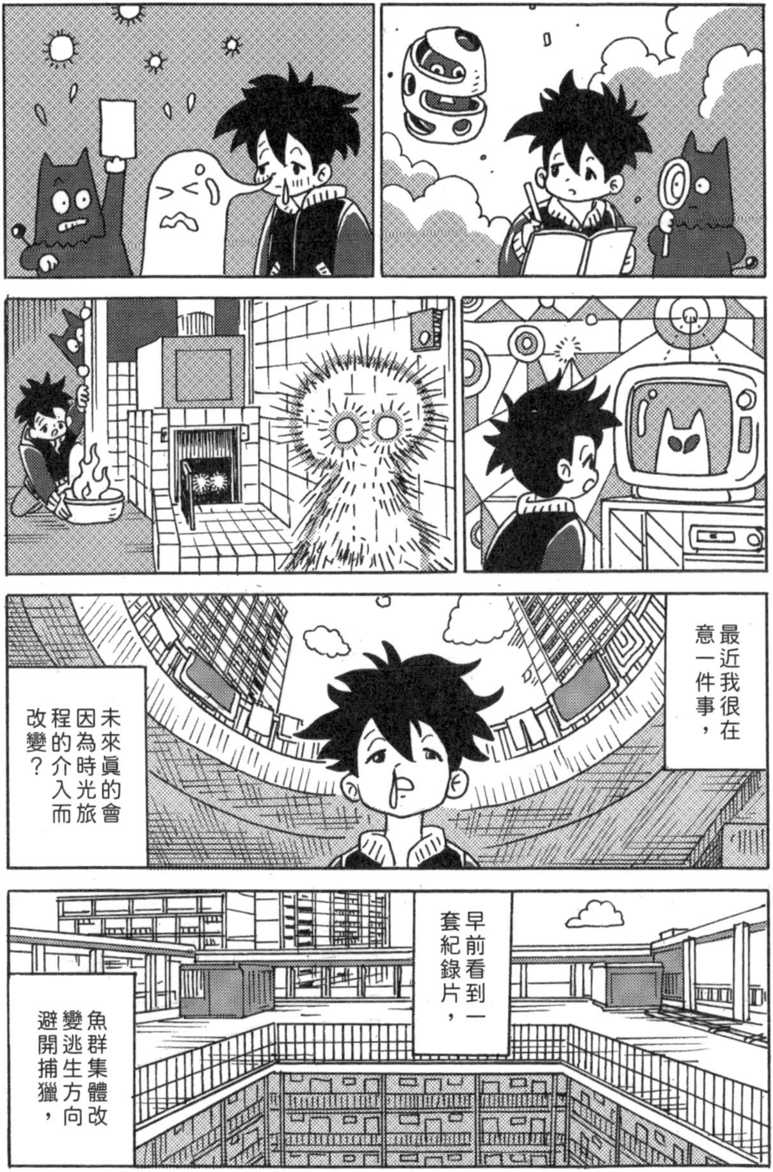
最近我很在意一件事，
未來真的會因為時光旅程的介入而改變？
早前看到一套紀錄片，
魚群集體改變逃生方向避開捕獵，

以提高群體的存活率。
然而，魚群當中總會有一兩條跟不上大隊轉向而落單的小魚。
如果落單的小魚也是一個小宇宙，
這個脫離了群體的小宇宙，對魚群整體的未來和歷史，
又會產生多少改變？有誰會想過自己的寫作，會為世界帶來災難……
……
我相信歷史能改變，
我倚賴這個想法支持繼續寫作。

最近文筆變差了。
終日無精打采，垂頭喪氣。我建議你放下筆桿，多做運動。
看你面無血色，大大減低我吸走你靈魂的意慾。
眞傷腦筋。
我應該……
停止寫作嗎？
從來沒有認眞思考過不化石棺的兩句話……
多年來，是我眞心喜歡寫作？還是盲目遵從了詛咒不停做紀錄……

RRR:
喂
少女A！你忘記了今晚在球場的秘密集會？
我生病了，今晚不來，免得傳染大家。
休想缺席！我們全組人都病啦，不怕傳染，趕快來球場集合！
間中做運動對你有益，轉換環境對寫作也有幫助。
眞舒服，華富邨的晚上出奇地清涼，
感覺就像很多幽靈在徘徊。

喂，
別向後望⋯⋯
⋯⋯
鬼呀！
！
⋯⋯
眞巧合，
原來是
通靈少
女A。
我有事相求，
借你身體一用！
救命呀！
呀啊！

委派壞學生負責佈置學校開放日禮堂，目的顯然易見⋯
最近流行逆向教學，認為將重任交託給壞學生，他們就會覺得被重視，而產生了正向能量。
我已經看穿老師的把戲！
哼！太天真了！
哼哼！
這是破壞學校聲譽的大好時機！
看我的計劃書！
我們兵分兩路，日間假裝佈置禮堂⋯⋯
哼哼，實則到了晚上，我們靜靜聚集在球場，偷偷製作另一套佈置配件，在開幕禮前一刻才替換。
哼哼！

到時開幕禮大幕一打開，
那些假善美的賓客和老師都會被我們的邪惡美學嚇死！
呵呵
不過日間和夜晚都要搞佈置不會很累嗎？
收聲！
怕累！就幹不了大事！壞份子的臉都被你丟光了！
老大！少女A和那奇怪外星貓來了。
！

型！東瀛暴走族口罩風，原來潮流你跟得那麼貼！
乞
乞
Hello!
嚏！
!
Slime
鬼口水
是鼻涕吧…

嗚…好懷念大家啊…少女C，少女M，少女B…
你是誰？
少女C…新髮型好襯你…
少女M…你終於將墨脫掉啦…
少女B…你還戴著我送你的黑超…
哇！
果然是你少女P！你也換了新髮型！好襯你！

少女P！我以老大身份問你！
老大！
你為甚麼不安息，為甚麼還留在人間？
都怪你們三個！
吓？
我們三個？
相信你們還記得那次捉迷藏，我不小心跑出馬路被車撞死。
你們三個圍着重傷的我，緊握我手叫我要撐過去！說甚麼還要一起成長，要一起完成這次捉迷藏，要一起畢業！很多很多鼓勵和承諾。
……

我死去兩年啦！你們甚麼承諾都沒有兌現！
害我留在陽間空等！
生活忙碌嘛…
是我不好。
你又不給我們提示…
我有給提示呀！
報夢無人理我！
我甚至詛咒你們，作為重病失信的報應…
……
誰知你們只是同時得到小傷風！
原來是你…
到底要怎樣你才能安息？
捉迷藏！
完成那局捉迷藏！那一局我當鬼，作為鬼，一個人也沒捉到我死不瞑目！

那就易辦！來，鬼鬼快捉我們，然後早日安息。
你在敷衍我⋯⋯
不能做假嗎？
老大！
好！我們全力跑！絕不讓賽！
要你自豪地離開人間！
太感動了！
我來捉你們了！
？
啪！
少女A太虛弱了，
找個健康的人去附身吧。
不行了！
⋯⋯
離不開少女A啊。
吓？
誰叫你剛才二話不話就夾硬上了少女A的身。她太虛弱，肺活量超細，即靈異空間狹窄。

拉長…
卡在中間了！不能出，也不能入。
哇！
現在解決方法只得一個！大家一起協力訓練少女A的體能，增強她的肺活量，擴大靈異空間，到時少女A就有體能捉到大家。由於心肺功能擴大了，少女P也能輕易離開少女A的軀體。
……
鼻涕無助脫出嗎？
一舉兩得。
一定要穿成這樣嗎？
Sorry
作者
漫畫世界無奇不有，
一試無妨。
白痴！
好長的解說…
那用科學符咒將P直接打散！
科學
試就試！別激動！

老大…還有一件事，邪惡壁報大計要押後一年嗎？
何出此言？
一共兩套佈置！恒常的家課！少女A體能訓練！加上我們又患傷風！
廢人！小小阻滯就想放棄？
壞份子的臉被你丟光！
一切按計劃進行！
好忙…

Z
Z

LOVE

vit

LOVE
OPEN DAY

OPEN DAY

弊！不知不覺又寫了一堆文章！但是最近發生的事不記錄下來又太可惜…
GREMLINS

PAC-MAN
PAC-MAN
好時代
豆沙猫，有人寄信給你！

是誰啊？
「我非常後悔！竟然將如此重要的任務委託給你！」
「看來你非常享受那邊的生活。」
竟然完全融入八十年代的世界，完全將任務拋諸腦後！
八十年代的確是美好時光，讓人懷念！
哪裡美好啊！古老又無冷氣的時代！
有到麗絲快餐店吃雞髀和漢堡包？天啊！我到底在寫什麼？
呀！我想說，我對你非常失望！我給你的委託就此取消！
我會親自來將你回收！
呀！慘啦！
甚麼事？
沒，沒甚麼！

啪
RRR
喂…
你好，你家有一位叫S的小女孩吧。
她在我手上，準備贖金。
……

咯咯咯……
我的妹妹被綁票，少女A，你會幫我吧。
……
少女A只懂靈通，綁票這種事，報警比較適合？
老實說，我妹妹早在兩年前……
已經死了。
啊！
我最近經常夢到她，我知道很荒謬，死去的人又怎會被綁票。

我直覺認為這不是整蠱電話，總之，事件一定和我妹妹有某種關連。
出發去你家吧，綁匪會再聯絡你的。
……
好懷念……少女B你的家，跟以前一樣，一點也沒有改變。
那已經是很久以前的事了……
RRRR……
RRR……

喂……
聽清楚！贖金十萬，晚上八時正，華富（二）邨多層停車場遊樂場。
掛線了…真沒禮貌。
十萬…八時正…二號停車場遊樂場…
你們的表情有古怪！到底出了甚麼問題？
是贖金？應該沒關係！反正多少錢你們也拿不出來…是時間？八時正時段太顯眼，有古怪？
不…問題是地點，
二號停車場遊樂場…
這地點讓我倆有點在意。
那遊樂場很猛鬼？

那個遊樂場，
載滿了我們童年的回憶。
綁匪彷彿知道這地方對
我們有著特別的意義。
小時候，我們一
聞著就會相約在
這裡遊玩。
共度了很多時光。

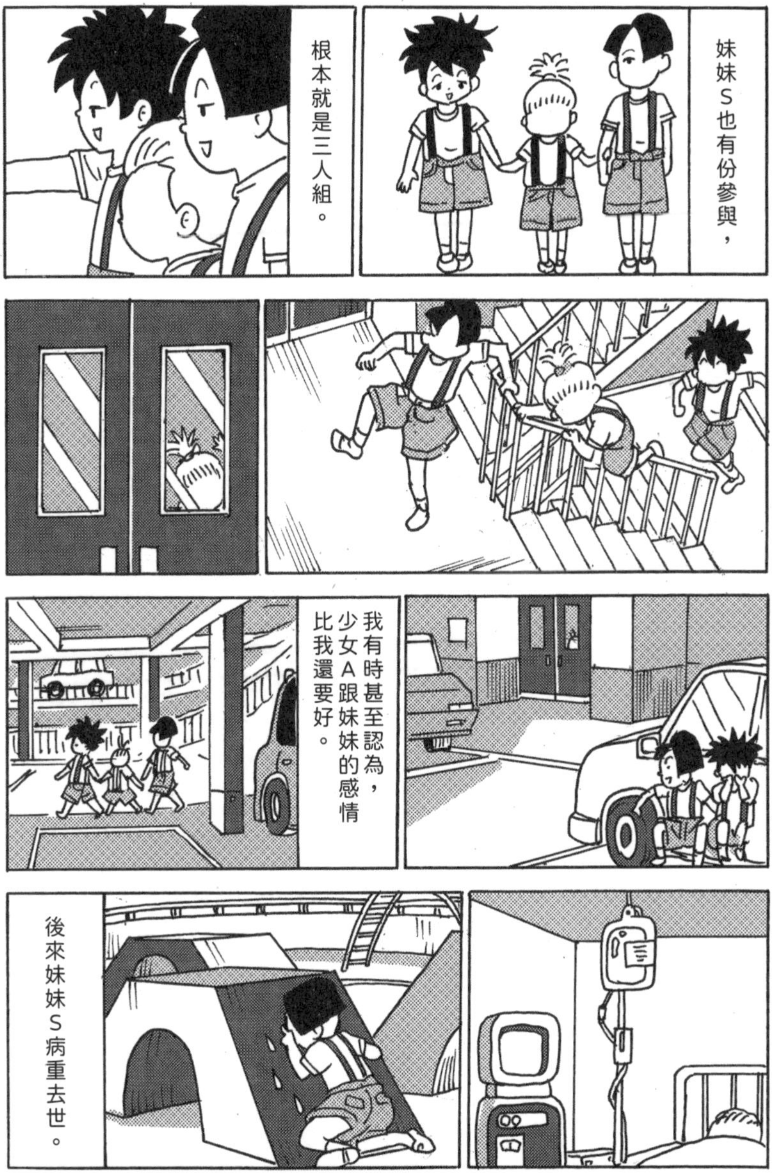
妹妹S也有份參與，
根本就是三人組。
我有時甚至認為，少女A跟妹妹的感情比我還要好。
後來妹妹S病重去世。

我和少女A的感情就漸漸變得疏遠。
嗚
對不起…
對不起…我當時真的不知如何是好。明明想要安慰失去妹妹痛苦傷心的你，但是我甚麼也說不出口…
根本就不知道應該向你說甚麼。
就連待在你身邊的勇氣也沒有。
少女B…
我終於明白了，
也看到寫作對你的影響。

看！你現在不是能夠準確地表達心中的想法嗎？
少女B…
我要好好向你學習，
我也有一句埋在心裡的說話，要跟妹妹表達清楚。
我相信她今晚一定會出現。
怎麼不直接跟她說呢？
?
就是錯過了機會。
?

天上的蝙蝠比平常多。
八時正怎會水靜河飛？
今晚有點異常。

有不尋常反應。
等、等一下。
這地方真讓人懷念。
時間過得真快！
咦！
看！
！

砰啪！
巫婆艇？這玩意原來可有轉得這麼快？
呼！
完全打破了我們兒時的想像！
哦！
啪！
這黑影是甚麼？

哇!!
誠實豆沙貓！你完全沒有執行任務！我要將你回收！
啊！豆沙貓！
咦！你是誰？
……
我是誠實豆沙貓呀！你的手下啊！
我不信！
你是誰？放開誠實豆沙貓！
誠實？好可疑的名字！

咦！你不是年輕時候的我？怎麼會在這裏出現？
唉…大人你又忘記你是從二零五零年回到現在想要阻止自己寫作呀！
哈哈！荒謬！
我有按照不化石棺的指示將一切記錄下來！
揭！
揭！
揭！
讓我翻查一下就知道！我是不會輕易受騙的！

別以為可以愚弄老人家！
查看！查看！
二零五零年？八十歲的你！好像得了失憶症！
NO!
可惡！看不懂自己寫什麼！
垃圾！
……
寫了這麼多！
喂！少女A婆婆！
電話綁匪就是你吧！我認得你的聲線！
哼！
不枉是我童年最好的朋友！認出了我的聲線。
準備好贖金了嗎？
咦！我才沒有打電話給你！
別以為可以欺騙老人家！
咦？打電話給你？誰叫我只記得你當年的電話號碼！

波士，
咯咯咯……
……
再提你一下，你是從二零五零年透過時間旅程回到現在想要阻止年青的自己寫作，和將我回收啊……
唔
唔
唔
……
穿越？世上哪有這麼荒唐的事！
……
……

少女B…我沒有捉走你妹妹！咦？啊！為了回收這隻大話貓！和阻止少女A引發世紀災難…我才迫不得已利用綁票妹妹做藉口…
對不起！我一把年紀！年輕時候的所有記憶都已經非常模糊…
只有今天！無論時間、人物、地點，我都記得特別清楚，
唯有利用今天、此時、此地，確保少女A和豆沙貓同時出現…
到底今天有甚麼特別…
吓！
…
還裝傻…今天下午明明是我們情深表白！冰釋前嫌和好如初友誼萬歲的大日子…
對對！
真難為情，原來你這麼重視今天的事…
喂！
是誰讓你看我的通靈筆記！
…

少女A！你這狂徒！
就算明知會引發大災難，你也不停止寫作嗎？
你！到底想過一個怎樣的人生？
誠實豆沙貓！
被捉走了⋯⋯

竟然利用我們對妹妹的回憶，太殘忍。太卑鄙了。還捉走了豆沙貓！我不想變成她！
嘖！
八十歲還可以跳跳紮，不錯啊。你一向氣虛體弱，我以為你會最早死⋯
哼哼！
見你老來精神奕奕，我現在大可以放心了。雖然失憶，但你又記得今天的事，多謝你！
不過話說回來⋯
還以為可以再見到妹妹的靈魂！
我⋯
曾經對她說了過分的說話⋯
那就跟她表白啊！
？
她一直都在你身邊。
！

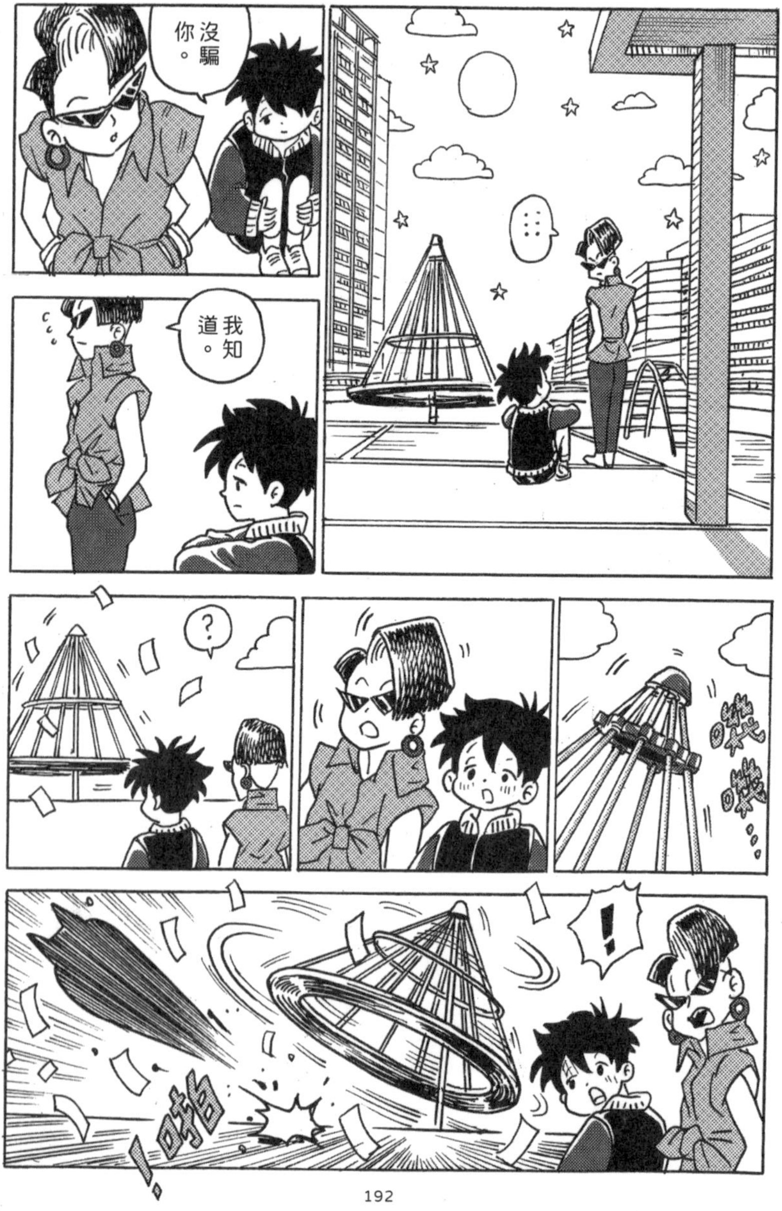

沒騙你。
……
我知道。
？
嘰嘰……
！
啪！

誠實豆沙貓？
超可怕！被夾硬拉上了時光旅程霸王車，又被彈回來了。
？
時間旅程是超級昂貴的！
少女A婆婆雖然是大富婆，但原來身家也不夠支付兩張成人票。
太好了！
好？又再被困在巴士沒有冷氣的時代。
你為甚麼會為少女A婆婆賣命？

因為少女A是我的救命恩人。
吓？
在我還是嬰兒的時候，曾經被UFO擄走，
……
被研究，
被分解，被重組。

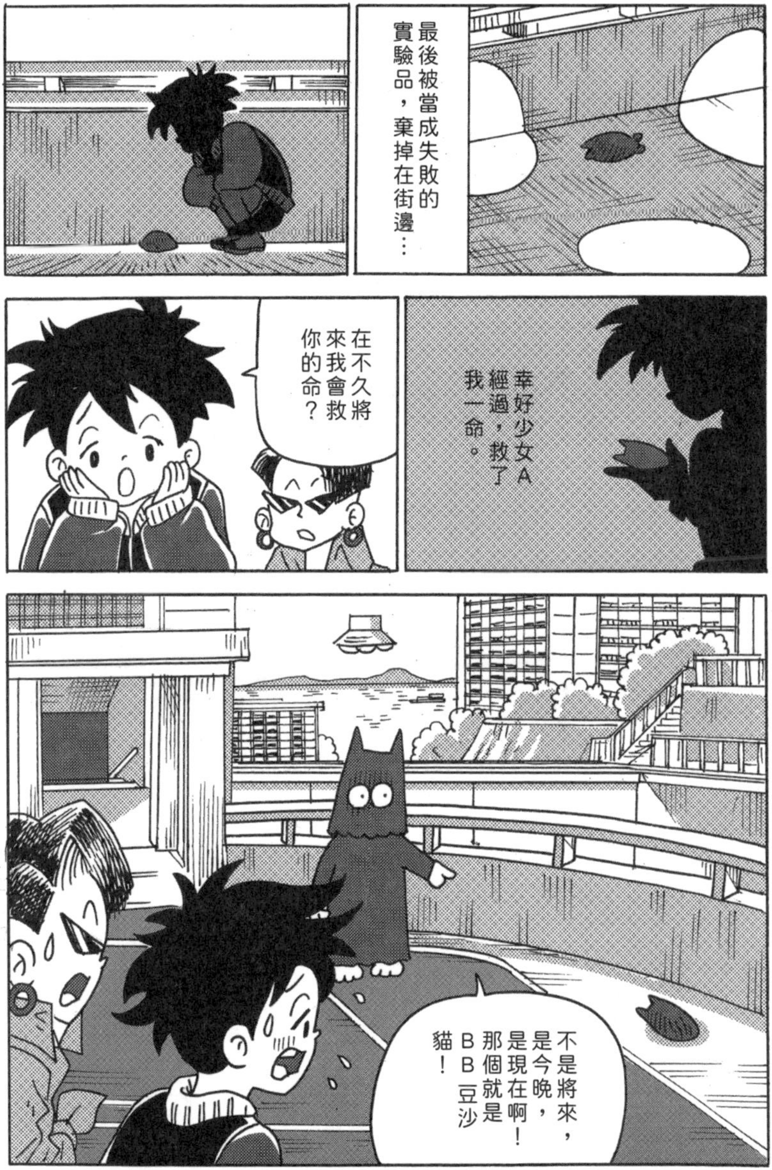
最後被當成失敗的實驗品，棄掉在街邊⋯⋯
幸好少女A經過，救了我一命。
在不久將來我會救你的命？
不是將來，是今晚，是現在啊！那個就是BB豆沙貓！

寄居在我家，自稱來自未來的外星貓。
經常投訴現今通訊方法非常落後。

只有被認為有價值的新聞，
失敗實驗品
才獲得報紙、電視和收音機的即時傳播。
然而，所謂即時，亦需要花上一小時或以上的時間，
L
去採訪、編輯和發放。
次等重要的資訊，則留後廿四小時由報紙來傳載。
再次一等，或地區性新聞，就交由社區月報，或社區會堂告示板來發放。
外星貓表示，同區街坊也會以口相傳資訊，
具備相當的即時性，

但由於是口述的關係，可信性並不高。
！
外星貓又指出，現今攝影器材不便攜帶，取得即時影像的機率相當低。
一些依靠影像來確定可信性的突發事件，
例如早前邨民集體遇上UFO，
因為沒有照片，可信性都大打折扣。
結業大減價！
大大公司
30% OFF
在未來，通訊科技將有突破性發展，
是下午茶吃甚麼也能即時傳送到世界各地的級別。
成為世界的焦點吧！
？

因此一九八四年集體見證UFO事件只能被當作是都市傳說流傳下來。
天氣眞好。
咯！
咯！
咯！
K師奶，有什麼事呢？
少女A，我家裡來了三個不速之客，可能是惡靈……
……
好誇張，一次過來了三個……

耀目生光，正在煮飯的男性靈體……
體骼精奇活力飽滿的老翁！
專注學業的醒目美少年……
這三個不速之客是惡靈嗎？
想請問世上會有如此高質、讓人心動的靈體存在？
老婆大人！你回來了？
他叫我做老婆？
今晚煮了你最愛的餸菜！
老婆大人！
果然是老公的聲音！
好媳婦！
老婆大人！
好媽媽！
……

我…
好像也有爸爸和弟弟？
你間中也要幫手照顧豆沙B啊！這是你原本的責任啊！
怎麼最近沒有想起他們…
爸爸和弟弟…
？
華富酒樓
感覺最近都在獨居…
不是有我在嗎？
!
乖女！
好姐姐你回來了！

誰啊？我家也來了兩個靈體？
他們…
的確是爸爸和弟弟的聲音！
晚飯了！
是被外星人捉走改造了嗎？
他們是成功的實驗品。
你是被丟棄在街上的失敗實驗品。
……
？
喵！
喵
喵！

哇！又做錯了！
到底當年你是怎樣將我養大的？
唉！
其實我有點怕小動物。
啜
啜
BB豬…我們今晚要出席UFO事件心理輔導大會，你乖乖留在家吧。
喵喵！
喵喵！
別扭計，絕對不能帶你去那個氣氛沉淪、充斥負面情緒的聚會！
唉，還是夾硬跟來了…
喵！
眞不想吸負…

氣氛很好的聚會！
WE ♥ UFO
UFO
喵！

大家都好高興……
我反而不安。
為甚麼呢？
你不覺得那光芒太耀眼嗎？
老實說，作為蝙蝠打扮的幽靈刺客，我不喜歡代表光明的東西，現在簡直是光害災難。
早前不是跟你說過，
幾年後，將會有個狂熱粉絲，根據你的出版文章和插圖，進行儀式招來了超可怕的外星人嗎？
華富邨有一半人口被擄走。
一半……
……

一半人口的意思…
一半人口被擄走有可能是指一半性別？男性？
挪亞方舟
難道是…
全部被擄走的男人，最近全部回來了？
喵
而且全部都以完美的姿態回歸，
明顯是外星人動了手腳。

狂熱粉絲根據我的書和插圖招來了外星人…
？
？
但我的書不是幾年後才出版嗎？
嗄！
啾啾！
其實…
所有時空扭曲都有嚴重後遺症。
吱
喵！
哇！
例如…我介入了你的時間線，
原本你一個人硬着頭皮就能完成的工作，現在因為有了依賴，責任全都推給我了！

災難靜悄悄地提前發生了？
在我認真考慮是否要放棄寫作…
以為災難在幾年之後才會發生的時候，已經靜悄悄提前發生了？
那狂熱粉絲一早已在我身邊？
根據文章和飛碟圖案的儀式已經進行了？

災難已成定局，無法回頭了？
只是惡夢……
!!
別怕，有爸爸在！
姐姐別怕！

少女A！你這個狂徒！
就算明知會引起大災
難，你也不停止寫作？
你到底想過一個
怎樣的人生？

……
……
今晚不如帶豆沙B去散步。
……

哈！
嘻
哈！
哈！
哈！
嘻
嘻
哈！
哈！
哈！
哈！
哈！
哈！
哈！
嘻！
好好酒樓
哈
哈

哈！
嘻
哈！
哈！
嘻
哈！
哈！
哈！
哈！
哈！
哈！
大家都好高興……
這樣不好嗎？
喵！
難道我的文章帶來的，
是讓大家感到高興的災難？
哈
哈！
哈！
哈
哈！
哈！

只有我倆感到不安嗎？
哈！
哈！
哈
哈！
哈！

完全記不起爸爸和弟弟從前的事⋯⋯
是那些光線讓我們忘記了甚麼？為甚麼大家會對那些光線著迷？
就像昆蟲被燈光吸引一樣⋯⋯

眞矛盾，記錄一切，卻讓大家忘記了一切。
別想太多！
喵！

別一聲不響⋯⋯
為什麼要來到不化石棺附近？
！
原來⋯⋯眞的會慢慢變得透明！

少女A，你心裏決定了以後不再寫作？眞的要放棄自己喜歡的事？
你！怎麼變透明了？
放棄寫作…就等於隔絕我前來阻止你寫作的機緣，我會消失。
誠實豆沙貓！
豆沙貓B以後拜託你了！
別再怕小動物，好好照顧豆沙貓B！不！好好照顧我啊！

啊！還有一件事！
這些科學符咒送給你！遇到鬼怪可能用得着。
豆沙貓！
對不起！豆沙貓，我阻止不了自己放棄寫作這個想法。
好過份！連說句再見，好好道別的時間也沒有⋯
喵！

急尋小蝙蝠
聯絡：少女A
重酬
兩歲小蝙蝠，豆沙
個性膽小，八掛
多疑。如有發現
1988
1988年11月22日
神怪時代完結
華富失去怪異色彩
電影三級制
十一月實施
1 2 3 4
8 9 10 11
15 16 17 18
22 23 24 25

四年後，
豆沙B走失兩年，
畢業後，要好好保持聯絡啊。

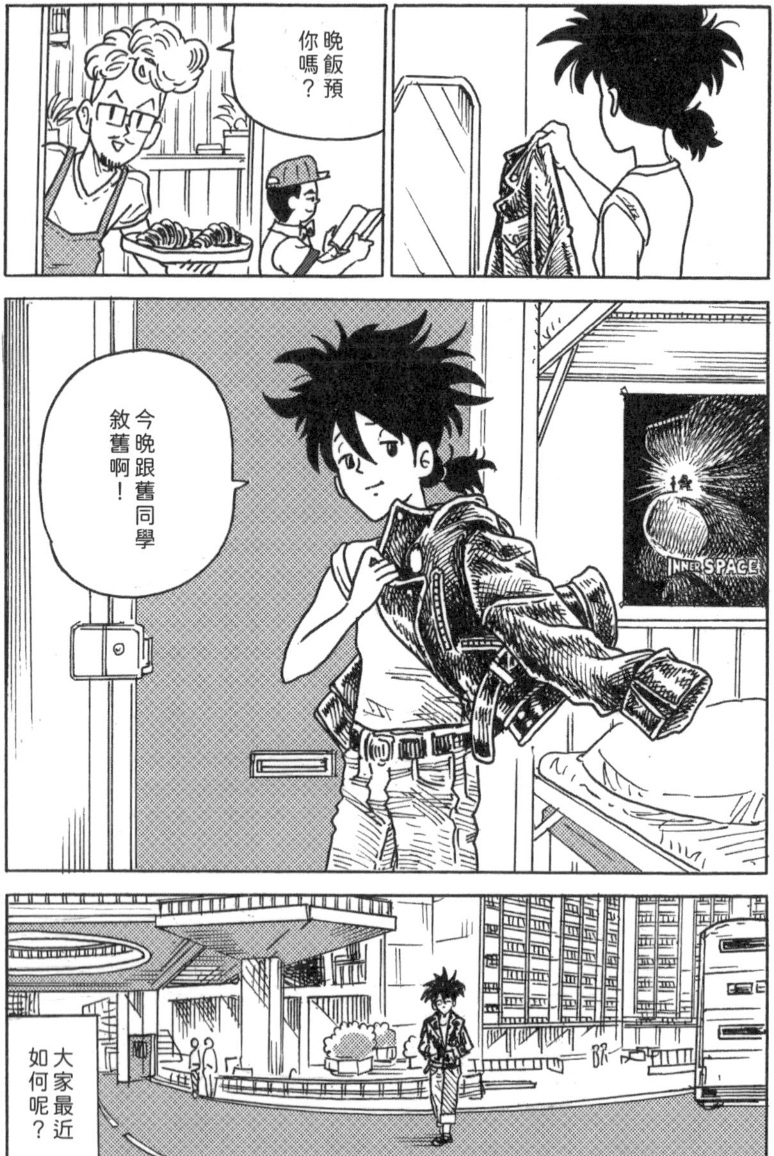
晚飯預你嗎？
今晚跟舊同學敘舊啊！
INNER SPACE
大家最近如何呢？

少女A…

是你嗎？少女A。
想請你幫一個忙⋯
見到附近有一個女靈體嗎？
我們是情侶。

幾個月前一同遇到意外死去，我還感覺到她在附近，但就是看不見她。
能為我向她傳句話嗎？
是少女A嗎？
想請你幫忙，如果你看到一個男靈魂，
他是我男友，我們早前一同去世，雖然我看不到他，但感覺到他就在附近。
想請你幫一個忙……
金鐘 40M

京都戲院
TODAY

嗨！
又遲到！
大家準備好了嗎？
嘻…
哼哼…
香港今年十一月實行電影三級制。
即是我們未來一年不來得觀看兒童不宜電影。
！
今天要趕尾班車，誓要試試兒童不宜電影。
到底看哪套？

蹉拖媽嗲…
IMPERIAL ②
5.30
堂座
STALL
7 NOV 1988
#28 ($18.2+TAX1.8)
卡通片？
即日盛大獻映
妖獸都市
全人類血脈沸騰
動畫進入情慾高潮
精彩粵語
味道十足
野性！獸性！人性！
粵語生鬼！人人話正！
我們挑戰「妖獸都市」
即 TODAY 日
穿梭人鬼獸三界！一段創世紀戀情？
售票
妖獸都市
要開場了！
哇哇！

大開眼界！
正！
畫面好震撼！
沒什麼大不了…
那你為甚麼還未吃完？
早知不點肉醬意…
傻瓜！
如果現實好像「妖獸都市」有那麼多有趣妖怪就好了！
有趣？
華富邨自從幾年前全男班被擄走，所有女性感染耀眼光害後，再沒有觸目的事件了。
A！
最近還有寫作嗎？
很久沒寫了。

哇!
難怪黑眼圈不見了!
雖然看上去健康多了。但作為你粉絲，你不再寫作實在可惜。
!
你不是為了那件事…
還在自責吧!
沒有啊…
如果能回到過去，你要改變那次「災難」嗎？
何苦呢，大家不是因此而活得更開心滿足嗎？
的確如此…
你用飲管的神情，讓我想起了誰…

蝙蝠…
少女A…
少女A…
可以為我傳句話嗎？
麻煩你幫我傳話可以嗎？

不會阻你太多時間…
求求你…
我只想跟他好好說聲…
再見…

這些科學符咒送給你！
遇到鬼怪可能用得着。
對不起，豆沙貓，
我阻止不了自己放
棄寫作這個想法。
好過分！連說句再
見，好好道別的時
間也沒有……

咯
咯
咯!
咯!

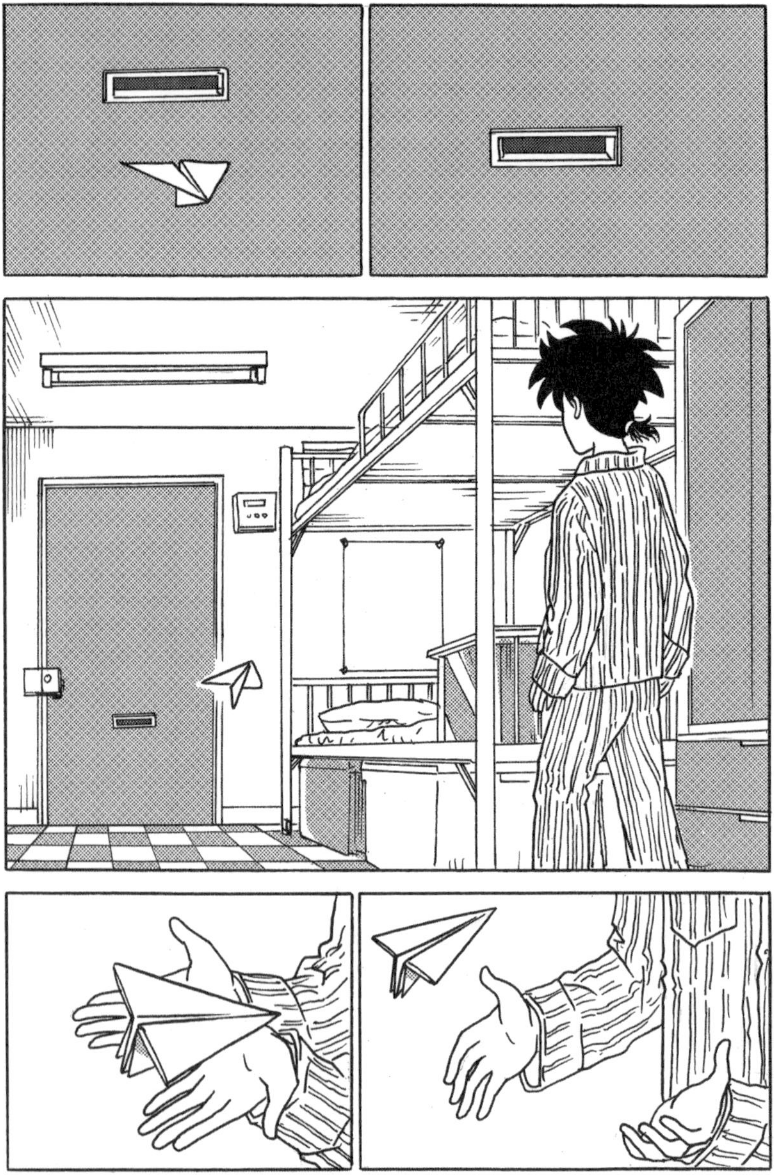

被告、花輪和彦

少女Ａ

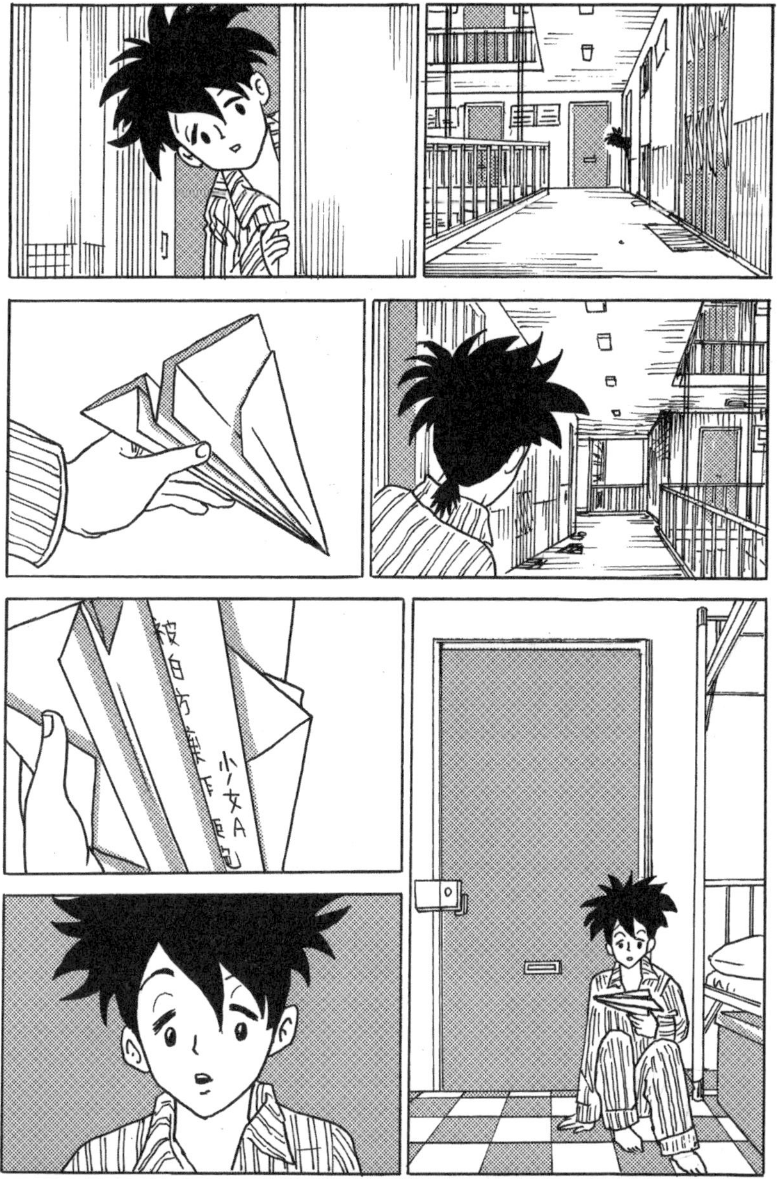

……
你可有想過，需要幫助的，可能不是別人，而是你自己。你深信災難已成定局，無法回頭，這符咒就是要告訴你還有方法還原這個世界

是你嗎?

喵！

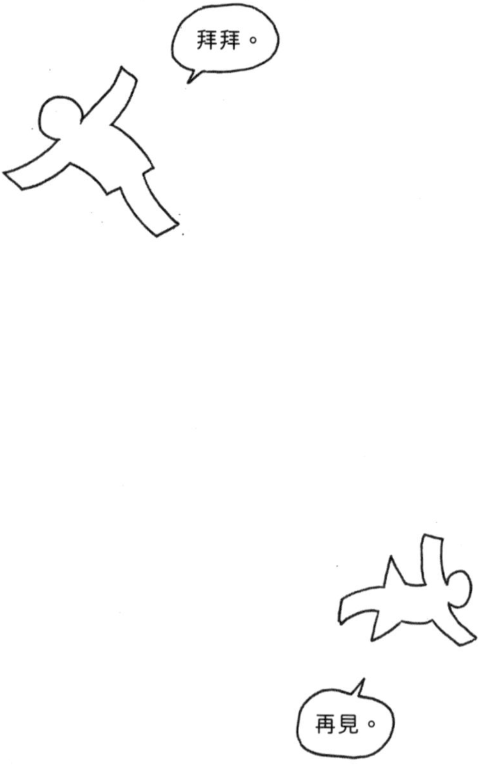
拜拜。
再見。

特別收錄

華富邨通靈豆沙貓廣告雜誌

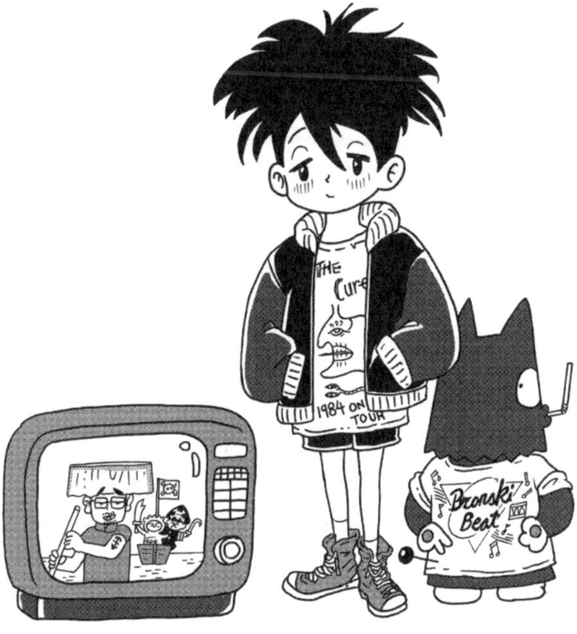

《華富邨通靈豆沙貓》
廣告雜誌（一）
自幼居住在華富邨，一直都想畫一本關於華富邨的漫畫。
華富邨廣為人知的有三件事。
第一，前身是雞籠灣墳場、亂葬崗，所以靈異傳說特別多。
第二，邨民一九八四年集體見證UFO不明飛行物體。
第三，風水好，入住居民多會發達。
Sorry
抱歉我三樣都沒有親身體驗，無法以第一身經驗去畫這個漫畫。
不過，當年的小學同學和居民之間的確流傳着非常多奇怪傳說。
我嘗試以靈異、不明飛行物體、發達這三個主題，
吼!
!!
串連出一個只會發生在華富邨的故事，帶大家回到一九八四年那個非常迷離又可愛的華富邨。

《華富邨通靈豆沙貓》
廣告雜誌（二）
1920
靈異傳說特別多的華富邨，前身叫雞籠灣，香港開埠初期是華人公眾墳場，亦叫雞籠灣墳場。
一八七四年，曾安置甲戌風災二千名死難者遺體，又經歷過一九零零年代香港鼠疫，被用作每日接收超過一百具遺體的疫症墳場，當年已經有過萬殮葬紀錄。
戰爭年代更是要處理巨量遺體。及後政府開闢了新界和合石墳場，雞籠灣的墳地才逐步遷離。
1959
墳場一九五九年正式停用及拆卸。
華富邨八年後興建落成和入伙。
1964
兩期新舊屋邨合共有十八座大樓，設有九千個單位，八十年代高峰時超過五萬人居住。
圖中可以看到墳場佔地位置和範圍，主要是華富邨第一期的地段。
如果你是華富邨居民，你居住的樓層是墳場範圍之內嗎？

《華富邨通靈豆沙貓》廣告雜誌（三）
《華富邨通靈豆沙貓》故事設定在華富邨居民集體見證ＵＦＯ飛碟的一九八四年。
八十年代初，華富邨的靈異奇怪傳說特別多，瀑布灣水鬼、石屋巫婆、不化石棺⋯⋯
⋯⋯
甚至連水怪也榜上有名。還是小學生的我，深信水怪會在華富邨出沒，
因為當時街上燈柱和巴士總站都會貼有水怪相關的告示，左鄰右里也會在響著消防車警報的黃昏，互相拍門叫嚷：「捉到水怪啦！」「捉到水怪啦！」氣氛相當真實。
不過，始終沒有見到本體，到底是哪一種水怪呢？最後由於篇幅有限，我沒有將水怪加入這個漫畫裡，實在有點後悔。
我超喜歡一九八四年，因為這一年出版的唱片也超正！

《華富邨通靈豆沙貓》廣告雜誌（四）
閣戲院
為了重現一九八四年的華富邨，花了很多時間尋找舊照片。
大大公司
原來設施很多已經改建甚至拆除。
「華富閣戲院」結業，改裝成表演跳艷舞場所「香江大舞台」，最後再度廢棄。
華富閣戲院
華富閣商場
兩間酒樓都已經沒有在經營，二邨「好好酒樓」曾一度改名做「喜喜酒樓」，近年更改建為護老中心。
大部份公園和遊玩空間的設施、街邊的報檔，華富（二）商場大排檔區已經完全找不到當年的痕跡。
甚至那個年代街上的欄杆，跟現在的有著相當大的分別。
在這個資料搜集的過程中，再次認識這個自幼居住的地方，發現四十年有著這麼巨大的改變，真的好魔幻。
你能想像八十年代的華富邨，有三間唱片舖同時在經營嗎？

《華富邨通靈豆沙貓》
廣告雜誌（五）

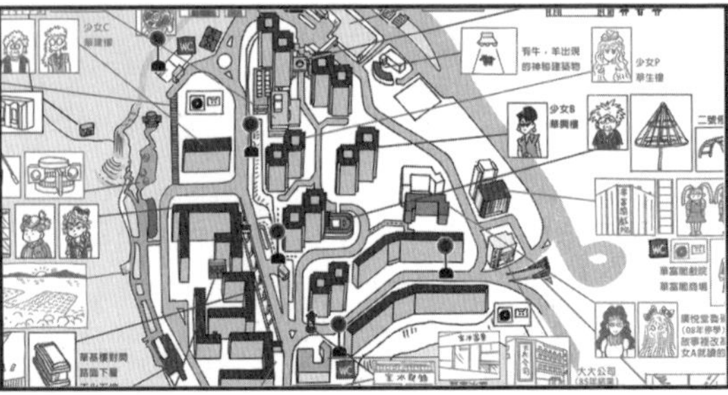

《華富邨通靈豆沙貓》漫畫隨書附送了一張一九八四年的華富邨漫畫地圖。

指明了所有角色居住地點和靈異事件的位置，

讓讀者能夠對照書中故事發生的地理關係。

華富邨那些消失了的戲院、學校和巴士總站也可以在地圖裡找得到。

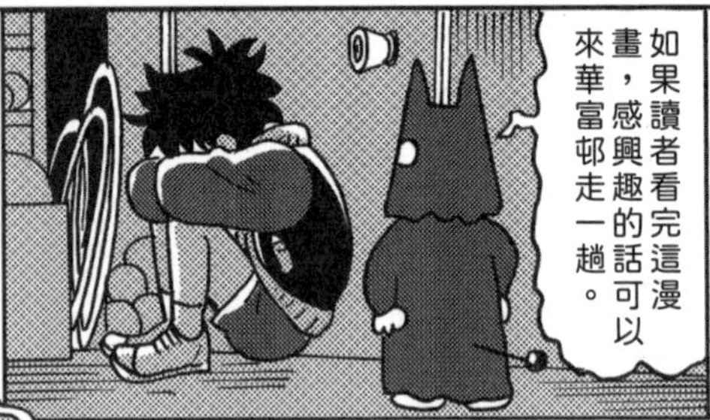

地圖也指明了一些當年至今還在經營的冰室和快餐店的位置，不用捱餓慢慢行。

還有一些沒有發生在漫畫故事內的景點，例如自一九八五年開始慢慢擺滿八千尊神像的神像山，和近年的打卡境點退潮雞蛋仔的石灘也有收錄在地圖之內。

《華富邨通靈豆沙貓》廣告雜誌（六）
《華富邨通靈豆沙貓》是講述喜歡寫作，居住在華富邨的少女A，在一九八四年的中秋節遇上來自未來，一身蝙蝠打扮的黑貓的故事。
最初在構思華富邨這個漫畫時，我和出版社都想重現《叮噹》漫畫的感覺。
因為在八十年代我幾乎每天都在看這個漫畫。
啊!
!!
所以這個漫畫採用了《叮噹》漫畫的獨特漫畫格式，即是每一頁都有四行相同厚度的漫畫框架。
故事方面也有一點《叮噹》的借鏡。叮噹來自未來幫助大雄，這隻一身蝙蝠打扮的黑貓，叫誠實豆沙貓，同樣來自未來，不過不是來幫助主角少女A，而是來吸走她的靈魂阻止她寫作。
啜！
就把你當作冰涼特飲。
在造型上，我借用了叮噹的尾巴。
啊，由於誠實豆沙貓根本就是A貨，我有想過叫牠做《DownLoad A夢》不過最後被朋友極力阻止而沒有成事。

《華富邨通靈豆沙貓》廣告雜誌（七）
為了加強一九八四年的感覺，角色造型都參考了八四年歐美日本香港流行巨星的打扮，你認得出參考了哪一些名人嗎？
你可能會問，初中生會這樣打扮嗎？
在我讀職業先修學校的初中記憶裏，眞的會有左右極不平衡、頭髮一級一級髮型的同學出現。（當時叫 Double cut）
這就是我的初中髮型。
Double Cut
認識我的讀者可能知道，我很怕為漫畫角色改名。
這一次主角的名字，我借用了中森明菜一九八二年的大熱單曲《少女A》做主角的名字，其他人物順著叫少女B、少女C、少女M和少女P。

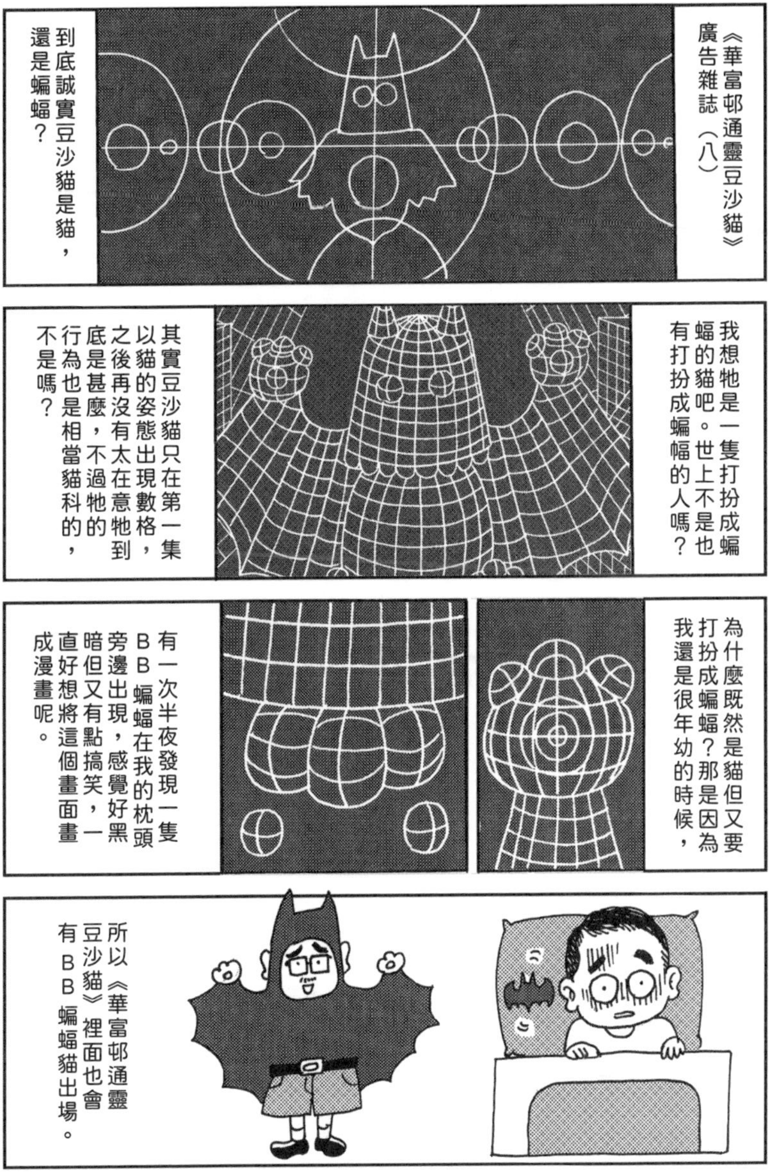
《華富邨通靈豆沙貓》廣告雜誌（八）
到底誠實豆沙貓是貓，還是蝙蝠？
我想牠是一隻打扮成蝙蝠的貓吧。世上不是也有打扮成蝙幅的人嗎？
其實豆沙貓只在第一集以貓的姿態出現數格，之後再沒有太在意牠到底是甚麼，不過牠的行為也是相當貓科的，不是嗎？
為什麼既然是貓但又要打扮成蝙蝠？那是因為我還是很年幼的時候，
有一次半夜發現一隻BB蝙蝠在我的枕頭旁邊出現，感覺好黑暗但又有點搞笑，一直好想將這個畫面畫成漫畫呢。
所以《華富邨通靈豆沙貓》裡面也會有BB蝙蝠貓出場。

《華富邨通靈豆沙貓》廣告雜誌（九）
《華富邨通靈豆沙貓》收錄了十個短篇故事。
大部份華富邨鬼怪傳說也會畫進書裡，當中也有加插憑空想像的創作以串連起所有怪事。
故事之間也偷偷畫進了一些親身的經驗：我心驚膽戰眼見過一位十來歲小童，徒手握著天井內鐵柱，在十幾層樓外邊爬上爬落，後來我眞的得了畏高症。
第三集那段小插曲，一位婆婆深夜在升降機內見到四尊小神像，那正是我的親身奇異經驗，不過這可能只是居民的惡作劇。
一架巴士在我樓下火燭燒通了頂，我著迷般坐在窗邊看了半個小時，這些瑣碎點滴都是我的華富邨生活彩蛋。
啊，我好像越說越遠了，還是列出這本漫畫十個章節的名目，大家可會更易理解這本漫畫多一點？
一：傳教士之門
二：閃靈傳眞機
三：不化石棺的指示
四：是誰移動了豬扒
五：百頁窗殺人預告
六：猛鬼時空缺口
七：黑色開放日
八：綁架死去的人
九：所有發光的人
十：華富邨通靈筆記

《華富邨通靈豆沙貓》廣告雜誌（十）
這漫畫十個故事全是虛構的，不是我的童年往事，但當中還是很多真實的痕跡。豆沙貓的床位是我睡覺的地方，頭十本漫畫也是在這裡完成。傳教士之門和牛馬半圓屋，都是我真實的童年幻想和回憶。
UFO
UFO
我和哥哥姐姐的確叫這遊玩設施做巫婆艇。故事我安排了它由華景樓飛去二號停車場呢。
在這間華富閣商場唱片店得到我第一張屬於自己的唱片 She's So Unusual - Cyndi Lauper，店內有十二寸 DJ 白版碟出租，相當入時。至於圖書館，相信當年沒有提供縮微資料借閱服務，這段是全虛構的。
兩年前構思這個漫畫，拍了一堆瀑布灣燒烤場和這涼亭，的照片再最近拍些補多度發角，想被現已經起圍板，封來了。希望遲點會重開。
這條小徑滿載了不快的回憶，播放 IQ 博士的鐘數，我在緩慢前進的放學大隊中心急如焚。

書名	華富邨通靈豆沙貓
作者	黎達達榮
責任編輯	肥佬
校對	Patty
出版	格子有限公司 香港荔枝角青山道 505 號通源工業大廈 7 樓 B 室 Quire Limited Unit B, 7/F, Tong Yuen Factory Building, No.505 Castle Peak Road, Lai Chi Kok, Kowloon, Hong Kong
印刷	嘉昱有限公司 香港九龍新蒲崗大有街 26-28 號天虹大廈七樓
版次	2024 年 7 月香港第一版第一次印刷
國際書號	ISBN 978-988-70532-4-8